MILENA
Verlag

Mieze Medusa & Markus Köhle

doppelter Textpresso

Slam Poetry + Audio-CD

Milena Verlag

INHALT

Mieze Medusa & Markus Köhle

mahlen

brühen

schlucken

mahlen

PLUNDERN

Slam
MiezeMedusa
Poetry

Ich lebe Take Away.
Nehm mir was ich will und leg dann
Münzen auf die Theken, Ladentische, Tresen.
Leb aus Plastikbechern, ess im Gehen, und ich
red dabei mit wem
via mobiles Telefon zwei Straßen weiter oder
um Zeitzonen verschoben.
Web mich ein in eine Welt,
deren Grenzen ich nicht kennen will.
Was heißt?
»Das darf ich nicht.«
Was meinst du mit?
»So geht das nicht,
das kannst du nicht,
ich lass dich nicht!«
Ich glaub doch immer noch daran!
Ich glaub an Bauchgefühl als Masterplan.
Nur wenn dann Bauch nach Nachschub schreit –
nach mehr Kaffee, nach Pizzaeck, nach neuem Kleid:
Dann bin ich aufgebrüht und abmüpfig,
bin abgeschmissen, aufgeschminkt und durchgeschüttelt,
und schmeiß
dann etwas unwillig das leere Dosenbier in meiner Hand

auf einen Mist:
Gut, dass wir Mülltrennung haben.
Nur unser Pfandsystem wird lahmgelegt,
weil wir zwar manchmal sanft
mit unserm Miesmacher-Gewissen am gleichen Hanfstrick
nagen,
doch meist vergessen, warum genau das Habitat jetzt
Schaden an den Aludosen nimmt.
Wir lieben Ä-ä-airbrush und – pft! – Sprühfarben

Ich leb Systemfehler.
Erstens bin ich kinderlos
Zweitens spar ich nicht auf die Privatpension,
Drittens spar ich keinen Strom
Und viertens bin ich zwar scharf auf die Bohème,
doch drück ich mich ganz gern vorm Lesestoff,
vorm Denkprozess.
Ach ich, ich hab mich nicht um Philosophie, Juristerei und
Medizin
mit heißem Bemühn bemüht.
Ich war grad abgelenkt von Popkultur,
von Individuen,
vom Glanz von was ganz Flüchtigem bewegt und ohnehin
hat sich das Fachwissen in
Fachgebietsbereichsbewasweißichdennschon zerfranst.
Und so wird dir, wenn du was wissen willst, zu Fakten
gleich die Scheuklappe der Wissenssplittergruppe
mitgeliefert.

Wer filtert das? Wer kaut das vor?
Und überhaupt: mit X und X im Chromosom …
Ja, warum sollt ich einen Glauben an den Kanon haben?
Mir reicht das Glas über der Schädeldecke,
Schneewittchen schlummert noch.
Mir reichen Bücher meinergleichen in Altpapiercontainern,
Buchstaben in Schubladen oder ungedruckt auf
Datenträgern.
Und während ich mich grade ehrlich freu
über den schwarzen Demokraten im Bürooval,
frag ich mich schon, ob die cum laude Lady Nummer Eins
ab jetzt Prinzessinnen zum Tee empfängt?
Ob jetzt die Aufsichtsrätin ihre Aufsichtspflicht bei Festessen
versieht?
Und sie sagt – vorerst und mit Vorbehalten – Ja!
Und ich, mich geht's ja sowieso nichts an,
und ich, ich könnt noch nicht mal mehr so sicher sagen,
ob ich da was dagegen hab.
Ich geh mal Gretchen fragen.
Doch die macht jetzt auf Sokrates
und legt mich mit so Gegenfragen lahm.
Die strukturiert mir Dialog daher, bis mir der Kragen platzt,
und ich nach draußen renn, zum Atem jagen,
mich mal neu planen.

Doch diese Luft schmeckt nicht.
Sogar hier draußen riecht sie abgestanden, abgehakt und
ausgesondert.

Vielleicht tanzen ja nur Mücken mit den Molekülen.
Vielleicht prasselt ja nur deren Schweiß an meine
Nasenwand.
Vielleicht hupen Offroadautos, Omnibusse, LKWs und andre
Feinstaubschleudern ihren Frust und ihre Ungeduld und
irgendwo im Zwischenton ihr Mea Culpa
in den Stop!
Stop!
Stop!
And
Go-Go-Go Verkehr!

Vielleicht erschnupper ich gerade einen Klimawandel?
Ich frustwandel – schon wieder mit am Plastikbecher in der
Hand –
von A nach Treffpunkt
Bin – eh klar – spät dran und
Zellophan umspannt den Tand, den ich im Schlepptau hab.
Ich hab heut »Jute statt Plastik«-Nostalgie.
Ich sehn mich heut nach elterlichem Zwang zum
Türzumachen, Lichtausschalten, am Telefonkurzhalten und
nach

> »Dir ist kalt?
> Dann zieh dir halt an Pulli an.
> Wir müssen sparen!«

Die Eltern haben Balladen, Sinnsprüche, Schnittmuster,
Rezept- und Formelsammlungen im Hirn.
Und wir, wir wissen ganz genau,

wo wir das Wissen, wenn wir's brauchen, suchen müssen.
Doch bevor wir selber denken
oder aufstehen und in Printauflagen nachschlagen …
Wir gehen Google fragen,
was nicht nur Monopole schafft,
das ist auch Stromverbrauch,
den der dezente Hintergrund in Weiß
sogar nochmal nach oben schraubt.
Und *Blackle,* diese dunkle Suchalternative
mit den gleichen Algorithmen,
wischt bei mir noch nicht die Augen aus.
Ich schau bei *myspace, flickr, facebook* oder anderm
Web2.0-Scheiß nach,
ob's etwas Neues gibt,
und les dann nebenbei,
dass die ID bei *second life* in etwa soviel Strom
wie in Brasilien ein Mensch zum Leben braucht,
und der, der will das alles vielleicht auch!
Und wir, wir plundern weiter.

Ö

ODER LEOPOLD FIGL RELOADED

Ö
Ö ö ö ö ö
Ö
Ö ö ö ö ö – 8.308.906 Ös
Österreich: Eine Nation: über 50 Jahre schon. Schön. Schon schön.
Ö
Ö ö ö ö ö – Schön.
Ö ö ö ö ö – Ös reicht!
Ö ö ö ö ö – Jetzt erst recht!
Ö ö ö ö ö – wird mir schlecht.
Ö ö ö ö ö ÖVP SPÖ BZÖ FPÖ – Öha!
Es österreicht. Ja Herrschaftszeiten, was soll denn das heißen: Österreich ist frei?

Österreich ist frei
-lich anders. Österreich ist eine Gedächtnislücke mit System.
Österreich ist frei
nach der allgemeinen Physik ein Schwarzes Loch, das unliebsame Erinnerungen schluckt, aber nicht verdaut, sondern verschwinden lässt.

Das Universum und die Vergangenheit:
Dunkle Materie.
Doch Österreich ist erleuchtet, nicht?
Nein!
Österreich ist frei
-heitlicher als befürchtet.
Der Kornblumenangelobungstruppe ist die Symbolik der
Blume nicht egal. Es ist vielmehr ein Gesinnungsmerkmal
der blauäugigen Herde. Na dann, gute Nacht Österreich!
Auf dass aufgeklärt werde, wer die Kornblumenträger waren
und wer die dann folgenden Scharen von Schändern.
Österreich, es ist noch immer allerhand zu ändern.
Dabei fehlt uns doch nichts – von Kleinigkeiten wie bei-
spielsweise einer wirklich neuen Regierung abgesehen.
Aber in Summe geht es uns doch gut?
Österreich ist frei
-giebig, was beispielsweise Bankensanierungspakete betrifft.
Es geht uns gut.
Soooo gut.
Sehr gut geht es uns.
Und gut und gut und gut geht es uns.
Soooo gut.
Gut und schön: Österreich. Auch schön und gut: Österreich.
Gutgut. Frei also.

Österreich ist frei
-tags im Wochenende.
Österreich ist frei

-willig in katholischen Händen.
Was heißt hier Hände? Richtige Kirchenpranken sind das, mächtige Klauen.
Und wer jetzt was von Banken und Klauen verstanden hat, der hat sich in diesem Fall verhört.
In Österreich ist die Kirche reich an Wald, Wiesen und Einflüssen. Das war schon immer so, das war schon immer so und was schon immer so war, wird schon auch nicht ohne Grund immer so gewesen sein. Nicht?

Österreich ist frei,
aber nicht reif. Österreich ist eben andersrum.
Österreich ist ja noch jung. Österreich pubertiert.
Na, so jung ist Österreich auch wieder nicht mehr.
Oh ja, das mit dem Meer ist lange her.
Das waren noch Zeiten. Richtige Hoch- und Monarchszeiten.
Nur gut, dass es sie immer noch gibt, die Landesfürsten, die die Bevölkerung nach ihrem Strich bürsten. Die im Kontakt mit dem Volk aufleben und gerne auch mal ein paar Schnäpschen zu viel heben. Prost, Prost!

Wobei:
Österreich ist frei
-lich ärmer geworden. Österreich darf schon noch ein bisschen trauern um den prägenden Politiker, den prägenden Medienstar, das prägende Landeshaupt und Parteihirn, das Szenelokaloriginal und Bärentalfatal mit

Hirschbeinknopflodenjanker und Unvernunftsanker im
NS-Ideologie-Sumpf, die Frisur steil, die Gedanken stumpf,
doch die Rhetorik stets poliert.
Oh ja, das hat schon einmal prägend funktioniert.

Doch:
Österreich ist frei
von Burschenschafts-Nationalratspräsidenten.
Österreich ist frei
von Absolute-Mehrheits-Landesregenten.
Österreich ist frei
von Tag-für-Tag-Gratiszeitungsenten.
Österreich ist frei
von potenten Hintermännern, deren Ideale in der dunklen
Vergangenheit dämmern.
Österreich ist frei
von willfährigen Lämmern, die nach Führung streben.
Österreich ist frei
– nein, eben nicht ganz. Matt der Glanz, die Gans gestopft,
der Rattenschwanz an die Haustür klopft, klopft, klopft.
Es tropft Erinnerung, es leckt Verdrängtes.

Dabei geht es uns doch gut.
Soooo gut.
Sehr gut geht es uns.
Und gut und gut und gut geht es uns.
Soooo gut.
Gut und schön: Österreich. Auch schön und gut: Österreich

Schon schön. Nur leider nicht ganz sauber.
Ö ö ö ö ö schlaf gut, und bleib wenigstens in Zukunft sauber.
Ö ö ö ö ö träum schön, aber vergiss nicht immer gleich alles, was dir nicht ins Bild passt.
Okay Ö?
DankÖ

SCHWEIGEN IST SILBER

Slam
MiezeMedusa
Poetry

I hab an Hunger, wie a ganz Große.
I geh so durch die Seitenstraßen,
steck ma was ein, solang i's tragen kann.
I heb ma dann
beinah an Bruch an meine Tragetaschen,
des san Schmerzen, sag i da,
des juckt und gärt und hängt sie an.
Nenn mi ned *baglady,*
na, des trifft's ned ganz.
I bin ka Traumtanzpupperl,
bin ned Riesenbaby,
bin ka Wurmfortsatz
und trotzdem häng i da an sowas Blindem dran,
des i so gach gar ned benennen kann.
Drum sag i erst mal nix, i denk mir meinen Teil,
und in mir drinnen fangt's dann wenig später
wie von selbst zu singen an.

I bin a guter Grundler.
Ich dümpel einfach so am Boden rum,
beseh mir Wunden von unten …
Klar: Es gibt Stunden, da
trag ich Mund, Kinn und Nase mehr so oben rum.

Und renn direkt in an Laternenpfahl,
den i ned riechen kann.
Zoink, flap, *am going down*
und i, *my plastic bag and I,*
und 's ganze Glumpert, des i kaum mehr tragen kann,
wir liegen weit verstreut am Boden rum.
Und dieser Depp von am Laternenpfahl,
der lacht mi an,
als warad nix, aber schon gar nix passiert.
He!
I bin doch da Dichter,
warum is jetzt jedes Straßenlicht a guats Stück lichter
als wia i?
Weil's nix sagt, und wer nix sagt,
sagt a nix, was a weng blöd is, womöglich?

Wenn mir mal fad ist,
mach ich an Grabenkampf im Bodensatz,
verbohr mich dann im so Verbohrten von vorgestern.
Ich geh die Mama mit so Fragen an:
»Du Mama«, sag i dann, »was hat der Opa eigentlich im Krieg gemacht?«
Die Omama dagegen hat so ein Alibi erst gar nicht nötig.
Die hat gebabyboooOOmt,
während's rundherum den Boden z'reißt,
weil's wieder Bomben regnet.
Zum Glück zerfetzt's die dunkle Wolke irgendwann,
und ich denk:

Jeder, der das überlebt hat,
ist auf seine Art ein Kriegsgewinnler.
Nur bleibt ein schaler Nachgschmack auf der Zunge zrück,
weil's immer einen Restbestand an Leuten hat,
die sehnen sich nach ewig gestrigem Zustand,
heute, morgen, immer.
Die sagn: »Es war doch gar nicht alles schlecht.
Denk an die Autobahn!
Und die Familienpolitik von derer Zeit,
die hätt doch irgendwas für die Würde
und die Position und den Stellenwert
der Frau getan.«
Und es ist fast so,
als wäre nichts, aber auch gar nichts passiert.
Wo bleibt der Widerspruch?
Und wo die Gegenred,
wenn sich da wieder was zusammentut und neu formiert?
Denkst du vielleicht, wenn du nix sagst,
sagst a nix, was a weng bled is, womeglich?

Heut bin ich Clownfisch.
Ich hab mir eine Schnapsnase aufgepappt.
Ich schwank mich durch den Tag,
tast jeden Schenkel, den ich z'greifen kriag,
auf seine Pointe ab.
Wenn ich nichts Wahres sag, dann immerhin so was,
das amüsant ist.
Und wenn auch das mal nicht gelingen mag,

dann immerhin so was, das richtig krank ist.
Da steht er schon, der Fettnapf,
mit meinem Namen auf seinem Schild.
Wer den da hingstellt hat?
Was tu i jetzt?
Links vorbei, rechts vorbei, mittenrein?
Und woher weiß ich, was ist
links vorbei, rechts vorbei und was ist mittenrein?
Doch ich denk: Trau dich!
Auch wenn danach vielleicht etwas für dich verbaut ist.
Denn daran glaub ich:

Wer schweigt, begibt sich nicht in Sicherheit.
Wer schweigt, schweigt.

VORSTELLUNGSGESPRÄCH

Slam
Markus Köhle
Poetry

Ich bin der Richtige.
Jedenfalls so richtig wie Sie auch.
Wir sind alle richtig.
Richtig gut sind wir.
Aber ich wäre jetzt der, dem Sie die unterbezahlte Stelle geben sollten, weil ich richtig gut Maulhalten und Runterschlucken kann.
Nein, mir macht das nichts aus.
Ich weiß das zu kanalisieren.
Mein Gott, was hätte man denn da früher …
Also *richtig* früher.
Ja, natürlich bin ich zu jung dafür, aber nicht zu dumm.
Man kann ja lesen und sich bilden, nicht?

Ach, das interessiert Sie nicht. Ich verstehe … und schlucke auch schon. Sehen Sie, ich kann das.
Ich meine also, Sie hätten in mir und mit mir den idealen, universell einsetzbaren Bückling.
Mir liegt das Kriecherische.
Ich bin Vaselin und leidensfähig.
Testen Sie mich ruhig, ja, demütigen Sie mich!
Darin habe ich Erfahrung. Meine Schule war der freie Arbeitsmarkt, da fickt dich jeder.

Jaja, das ist anfangs eine Patzengaudi. Ein richtiges Juhui und Holladrio.
Ich dienerte mich ein paar Jahre lang hoch und als ich dann genug gelernt hatte von den klotzenden Schwänzen, machte ich mich selbständig.
Ich fickte mich eine Zeitlang selbst, das geht.
Wenn man ein guter Wichser ist und wenn man das gerne macht, geht einem echt nichts ab.
Freizeit halt, vorausgesetzt man weiß, was man damit anfangen soll.

Ich nahm alles, wie es gerade kam.
Die Auftragslage war nach einigen Monaten echt beeindruckend, beeindruckend für die Konkurrenz und mein Herz.
Letzteres ließ mich dann an einem Samstag so gegen drei Uhr nachts (alle, die drei Uhr *morgens* sagen, sind Menschen, mit denen ich nichts gemein habe), also mein Herz ließ mich an einem Samstag so gegen drei Uhr nachts in Stich.
Bum-bum, bum-bum, bum-bum und aus.
Unangekündigter Zeitausgleich.

So kann man natürlich nicht arbeiten.
Ich meine, ohne Herz kein Gewichse.
Wer nicht mit Herz, Hirn und Schwanz bei der Sache ist, der befriedigt nichts und niemanden und das heißt keinen Kontoständer, vielmehr Notstand, ein Minuskonto, einen

Liquiditätsdurchhänger, einen Aussetzer, einen Rückzieher, Rückfall, Abfall, Krankenkassenfall.
Oje! Schade, Scheiße, Schande.
Credibilityverlust. Marke futsch. Ruf verhallt.
Schwaches Herz, schwacher Schwanz, schwacher Wichser.
Geh heim, bleib daheim, kannst du dir dein Heim noch leisten?
Dein Problem, selbständiger Scheißer. Fallmasche im Sozialnetz.

Und da ist er schon, der Mietrückstand, sehr verlässlich.
Der Verstand sagt: Tatütatütata!
Die Bank sagt: Ex und Hopp!
Die Gläubiger sagen: Ausziehen und ordentlich durchficken!
Ja, das ist eine gute Schule, da kann einen nichts mehr, nein, nicht passieren, passieren kann einem immer Schlimmeres, aber nichts mehr schrecken, meine ich.
Und mit mir wurde wirklich schon alles ..., also ich mache wirklich alles.
Profitieren Sie davon. Nehmen Sie mich. Nehmen Sie mich richtig ran. Stellen Sie mich an.

Freilich hat mir das alles auch geschadet, ich verlor unter anderem meine Würde.
Schwups und weg war sie, und plötzlich war das Leben Schnaps, so weit ich mich erinnern kann.
Total bio und voll fair getradet vom Dealer Onkel Ignaz aus dem Heimatdorf hinter den sieben Bergen bei den

Alltagsstumpfsinnsschergen.
Good stuff, gute, klare Scheiße. Keine Kompromisse.
Mein Ich ließ den Schnaps machen und der tat; der Schlund schluckte, die Vernunft duckte sich anfangs, hielt's dann plötzlich nicht mehr aus und bekam voll eins in die Fresse, dann besann sie sich und ließ sich gehen.
Alle gingen. Nur mir kein Licht auf.
Wie auch, ich und mir kannten sich nicht mehr,
mich kannten alle und wussten, dass es bald aus ist mit dem.

Dann natürlich 1 A-Resozialisierung, ja freilich.
Super Sozialstaat, alles leiwand.
Schnaps böse, böse, böse. Gefickt werden auch.
Bier am Wochenende gelegentlich ganz gut. Wichsen auch.
Das tut niemandem weh.

Und jetzt würde ich bitte danke gerne alles alles für Sie, für nichts, also, für nicht viel machen wollen.
Bitte danke geht das? War ich überzeugend? Authentisch und ehrlich genug?
Habe ich die erste Selektionsrunde überstanden, bin ich noch im Rennen um den Drecksjob?
Ja? Vielleicht?

Ach, Sie werden mich verständigen, ich verstehe.
Das war's dann also.
Trotzdem danke, dass Sie mir zugehört haben.
Auf Wiedersehen.

STRICKZIRKELTRAINING

Slam
Mieze Medusa
Poetry

Attention World!
Das ist keine Warnung
Das ist ein Wachstumsgrenzzwischenfall
Behalten Sie Ruhe
Bewahren Sie Nerven
Ein Führungspersönchen ist gleich bei Ihnen und
gemeinsam holen wir uns hier raus

Wir stehen da wie die Stricklieseln.
Stehen lammfromm rum, während begossene Pudel
putzig anzusehn in Hemd, Sakko, Zwirn
sich am Krawattl aus der Krise ziehn, einen Relaunch
beschließen, und danach einen heben gehen.
Ihre Hebekraft begießen.
Prost! Auf dass jetzt endlich neue Zeiten anheben,
derweil die Welt auf die Börse stiert,
Mund offen,
Kinnlade im Keller bei den Kursen.
Der Kongress tanzt.
Die haben, kristallklarer Fall, grad Expertentum und kühlen
Kopf bewiesen, nur weil sie – kleinlaut nur im Nebensatz –
sich für ihr
bisheriges Tun entschulden,

dann die eigenen Prognosen kippen
und plötzlich eh schon lang vermuteten,
dass der Markt seine Grenzen kennt.
An denen stößt sich jetzt wer krank oder gesund
oder je nachdem,
ob grad die Bankbilanz der Punkt ist oder ob wir nach
Beschäftigung für möglichst viele streben.
Das Geld ist wegirrationalisiert.
Ab jetzt wird Fersengeld abgekettelt,
wird dort was abgezwackt und da wo's weh tut, abgestottert.
Umverteilt nach oben.
Auf dass sich unser Rescue & Recovery-Programm irgendwie
wieder refinanziert.

Attention World!
Das ist keine Warnung
Das ist ein Wachstumsgrenzzwischenfall
Behalten Sie Ruhe
Bewahren Sie Nerven
Motten Sie Ihr geldwertes Vermögen nicht in
Sparnetzstrümpfen ein,
kaufen Sie uns hier großmaschig raus!

Wir haben Ernstgefallsucht.
Es wird in Köpfe geklöppelt: »Ernstfall ist halt!
Also stillhalten! Steht zusammen!«
Aufmucken ist out, es heißt jetzt weiterkonsumieren,
fleißig freischaffen, freelancen gegen den Zerfall.

Wir sind – wem fällt das auf? – auf einmal
webrahmenbedingungslos.
Die Zier der Arbeitskraft ist plötzlich die Bescheidenheit.
Wer traut sich noch, und fragt nach gleichem Lohn bei
gleicher Hacklerei?
Wer verweigert sich der Kurzarbeit?
Wer sagt noch: Nicht mit mir!
Ich spiel nicht mit, auf keinen Fall!
Wer wagt ein NEIN zu Nulllohnrunden!
NEIN zu unbezahlten Überstunden!
NEIN zu unentlohnter Mehrarbeit?
Okay, die Lehrer halt …
Doch anstelle von Ideen, von Sparpaketen, die den
Staatshaushalt entlasten täten,
ohne böse Konsequenzen, die die Substanz und Qualität
bedrohn,
kämpfen die einen nur dafür,
dass die eignen Privilegien verschont sind,
und die andern sind zur Zeit schon froh,
wenn im großen Bild alles beim Gleichen bleibt.
Also, weiter im Text, auch wenn das Kleingedruckte grade
tonnenschwere Folgen zeigt.
Und jetzt heißt's, kurbeln wir die Wirtschaft an!
Kassiern wir hoffnungsfroh die Prämien für Schrott,
überzieh'n wir unser Konto bis zum Anschlag für ein
Neuauto.
Kaisers neue Kleider haben neue Hochsaison in neuen
Trendfarben.

Wir kaufen Hemden, kaufen Blusen, kaufen Kleider, kaufen
Röcke, kaufen Trenchcoats für die sieben Jahre Regentage.
Wir haben Einkaufsreserven, haben Plastikkarten,
die etwas über Standards sagen.
Der Kongress tagt.
Während die Pelze davonschwimmen,
strickt wer an Rahmenbedingungen für den Neustart in die
neue Zeit, und ich bin mir halt nicht sicher ob die
Stricklieslseilschaft trägt.

Attention World!
Das ist keine Warnung
Das ist ein Wachstumsgrenzzwischenfall
Behalten Sie Nerven
Bewahren Sie Ruhe
Es gibt welche, die sagen,
sie kennen sich mit sowas aus

Das ist kein Knopfleistenbruch.
Doch wenn du denkst, du hast dir mehr verdient, naja
dann kauf dir ein Vermögenslos.
Rubbel dir dein Glück, schlüpf doch im Overall
in diesen Windkanal.
Pflück dir Scheine aus dem Luftzug.
Hoff darauf,
dass dieser Wertzuwachs für ein Leben deiner Größe reicht.
Wenn nicht, heißt's: Welten wenden,
bis die Fadenscheinigkeit den Feinstrick offen legt

und uns die Seilschaften der Macht beweist.
Die Musterung zeigt dann vielleicht,
welches Farbenspiel der Sickergraben trägt.
Das Geld ist wegirrationalisiert.
Und wir von Angst paralysiert, wir denken nicht mal dran
oder darüber nach,
wer uns da grade neuorganisiert.

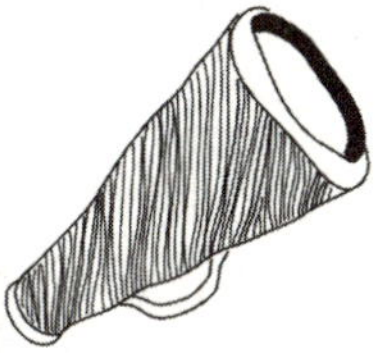

Attention World!
Das ist keine Warnung
Das ist ein Wachstumsgrenzzwischenfall
Behalten Sie Ruhe
Bewahren Sie Nerven
Es gibt welche, die ...

WAS SOLL DENN DAS?

Was soll denn das sein?
Was soll denn das Sein werden?
Was soll denn das Sein werden, wenn's groß ist?
Hm?
Na?
Ach, ich.
Sein soll Ich werden.
Soso.
Ich also.
Und dann?
Und dann, was weiter?
Ah, wollen, tun, machen, möchten.
Hm. Naja. Gutgut.
Machen, möchten?
Und was?
Ach, was ich will?
Ich versteh.
Und wie wissen, was wollen sollen?
Gute Frage, ich weiß, danke. Also, wie wissen?
Spüren, fühlen, fallen lassen.
Soso.
Okay: Spüren-fühlen-fallen-lassen die Erste – und Klappe!

Fallen lassen
Fallen lassen, fallen lassen
Fallen lassen, fallen lassen, fallen lassen
Einfälle, Zufälle zulassen
Fallen lassen
Fallen lassen, fallen lassen
Fallen lassen, fallen lassen, fallen lassen
Loslassen, ein lassen, loslösen, losziehen
Gedankenlos?
Nein, Glückslos ziehen und dann loslegen, loslassen, rauslassen
RAUS
RausRausRausRausRaus

Gedanken-Raus-Verkauf?
Nein, Gedankenkonjunktur, Gedankenmarsch, Gedankengalopp, Gedanken ahoi und Fragen fragen.
Denn was soll denn das sonst?
Was soll denn das sonst sein?
Was soll denn das *Sonst* sein?

Das Sonst ist der drohend hängende Hammer.
Das Sonst ist die Faust im Nacken.
Gedanken machen also, Gedanken auspacken, Gedanken aussprechen, Gedanken teilen.
Zum Beispiel: Vorurteile teilen Menschenwürde. Würden alle Menschen ihre Bürde teilen, würden Urteile dann zum Vorteile aller Menschenwürde gefällt? Gefällt ein Urteil, das

zum Nachteil der Menschenwürde entfällt? Entfällt ein Gutteil der Teilhabe von Urteilen an die Welt? Erhält ein Urteil, das zum Nachteil der Verurteilten, die Welt? Ist das Vorurteil somit Bestandteil und auch Grundteil dieser Welt?
Noch mal?
Jaja, manchen Gedanken gerne wiederholt, folgen und fragen, fragen, hinterfragen.

»Die Schrift ist unveränderlich und die Meinungen sind oft nur ein Ausdruck der Verzweiflung darüber«, sagt der Geistliche in Kafkas Prozess.
Geistliche! Was für eine Sprachverblendung.
Was hat Geistiges schon mit dem Klerus zu tun?
Ist die Heimstatt des Heiligen nicht das Hohle?
Warum glaubt der aufgeklärte Mensch heutzutage eigentlich noch an Metaphysisches?
Warum gibt der denkende Mensch der Kirche keinen Austritt?
Nostalgische Gründe? Karriere? Persönliches? Eltern?
Angst vor dem Tod, vor sozialer Ächtung? Bequemlichkeit?

Apropos Bequemlichkeit: Warum sind Fingerspannenabmessungen bei der Penisgrößeneruierung noch immer beliebter als beispielsweise Lineale oder Zirkel?
Wie groß ist eigentlich groß,
beziehungsweise ist mittelgroß
bei verhältnismäßig kleiner Körpergröße größer,
als mittelgroß bei relativ großer Körpergröße?

Und ist es wirklich die Bestimmung eines kastrierten Rinds,
Ochsenschwanzsuppe zu werden?
Was werden Adverbien, wenn sie dereinst zeitwortlos sind?
Sprachlos? Unwörter wie Wirtschaftswachstumsvollstrecker?
Und sind wir nicht alle bisweilen
Wirtschaftswachstumsvollstrecker, die marktkonform funktionieren?
Gehören wir nicht alle gelegentlich geschlagen,
geschlagen mit metallkarabinerbeschwerten
George, Gina & Lucy-Handtaschen?

Ist die Glückvernichtungslogik ein Wohlstandsparadox?
Und, hallo all ihr Wikipedianer: Ist Crowdsourcing langfristig
betrachtet so viel besser als Outsourcing?
Wird im Netz womöglich autoritäre Demokratisierung
betrieben?
Würdet ihr unter Burn-out auch lieber temporäre
Darmwindüberproduktion verstehen?
Wie schaut eure Work-Life-Balance aus?
Seid ihr mit der dargebrachten Textressourcenallokation
zufrieden?
Ist ein Poetry Slam nicht eine Win-Win-Situation für alle?
Fünf Minuten Speed-Brain-Wellness und Qualitytime.

Was soll denn das sein?
Was soll denn das sein, ein Poetry Slam-Text?
Was soll denn das sein, wenn's fertig ist?
Ein Poetry-Slam-Text.

ACHT MÖGLICHKEITEN, SEINE WÜRDE ZU VERLIEREN

(in zufälliger Reihenfolge)

EINS
Du gehst Gassi. Eigentlich wirst du Gassi gegangen. Von deinem Hund und von deinem Über-Ich, das dir davon erzählt, was der Hund mit deinem Wohnzimmer anstellen würde, wenn du das tätest, was du lieber tätest. Nämlich mit hochgelagerten Füßen und den Fingern ganz fest an der Bierflasche und ganz tief in der Chipsdose, *Starmania* schauen.
Starmania, für die, die's nicht wissen, ist eine öffentlich-rechtliche Dafür-g'hört-wer-belangt-Sendung mit außerordentlich hohem Würdeverlierfaktor für die Mitmachenden. Erstaunlicherweise nicht die mit dem höchsten.

Das wäre ZWEI *a Moneymaker* und ZWEI B *Musikantenstadl*. Aber leider, du kannst dich jetzt nicht genüsslich fremdschämen, kannst nicht genüsslich deine Bierflasche leerzuzeln, du bist unterwegs in eigener Mission. Denn um deine Würde in den Staub zu trampeln, dafür hast du eine sichere Methode entwickelt, dafür hast du deinen eigenen Beraterstab mit Hundekeksen, gedrehten Kalbssehnen, viel zu vielen Streicheleinheiten und Sofasitzprivilegien herangezogen.

Du und dein Tier, ihr seid also auf der Straße, mit der das Hundsviech jetzt das macht, was es sonst mit deinem Wohnzimmer machen würde: Es treibt Unfug. Es springt an der alten, verhutzelten Nachbarin hoch, die das nicht leiden kann und das äußert. Es knallt dem Anzugträger, der grad zu seinem, zu seiner Midlifecrisis passenden Vehikel eilt, was vor den geschniegelten Latz, und pinkelt auf die Hochglanzfelgen. Und der, der Anzugträger, kann das – Überraschung – überhaupt nicht ausstehen.
Dann verrichtet das Hundsviech sein Geschäft direkt vor dem Eingang eines Geschäfts, dessen Inhaberin dir wortlos ein *Sackerl fürs Gackerl* reicht und schon kniest du auf dem Asphalt und sammelst die Resultate der Verdauung ein, während der Verursacher der Sauerei zufrieden schwanzwedelnd seine Tat beschnuppert und dann dir Küsschen geben will, wofür sich das Tier auch noch einen Hundekeks erwartet.

DREI
Du wirst von dem Mann deiner Träume beim Wäscheaufhängen erwischt und in der Hand ist nicht die Unterwäsche für ganz besondere Anlässe, in deiner Hand ist der inzwischen zum Putzfetzen umgeschulte, weiße Baumwollschlüpfer. Warum der Mann deiner Träume aus dem Nichts in deinem Waschkeller auftaucht, ist nicht überliefert. Er war dann aber auch gleich wieder weg, also was soll's.

VIER

Du lohnarbeitest. Das machst du an und für sich ganz gern, aber: Intakte Würde und gesicherte Existenz, das geht leider nicht immer Hand in Hand.

FÜNF

Urlaub. Du bist auf Urlaub. Deine große Schwester ist auf Urlaub. Deine Eltern sind auf Urlaub. Alle sind am gleichen Ort auf Urlaub. Und zur gleichen Zeit. Blöd gelaufen, irgendwie. Klar, da wird irgendwas Freizeitmässiges für den kleinsten gemeinsamen Nenner organisiert. Klar, da tut sich jede Menge Landschaft vor den Augen auf. Klar, die Luft ist gut. Aber sonst, nicht viel los hier. Doch plötzlich steht ER vor dir, der größte gemeinsame Vervielfacher. Der, auf den sich alle einigen können. Deine Mutter (insgeheim), deine große Schwester (gar nicht so insgeheim) und die Frauen der anderen sommerfrischenden Familien (sowieso). Der coolste Animator von allen steht plötzlich vor dir. Und der lächelt gar nicht, der hat nämlich grad Freizeit. Der schaut sogar ziemlich finster, weil in seiner Freizeit freut er sich gar nicht, dich zu sehen. Und dann fragt er dich: »Was machst denn du hier?« Und du, du sagst: »Ich habe eine Wassermelone getragen!«

SECHS

Du hast im Deutschunterricht falsch konjugiert und musst als Strafarbeit hundertmal *ich würde verlieren* an die Tafel schreiben.

SIEBEN

Zuerst siehst du ein strahlend helles Licht am Firmament. Kein Stern der Weisen, eher schon ein UFO, das sich nähert, sich nähert, sich dir nähert, sich dir immer noch nähert und jetzt schon ganz nah ist. Ein UFO, das dich ohne viel Aufhebens, nämlich mit wenig aber genug Aufheben mittels Traktorstrahl in seinen Bauch birgt. Dort wartet ein grünes, schleimiges Männchen, das dich einer peinlichen Untersuchung unterzieht. Einer *für dich* peinlichen Untersuchung. Seine grünen, schleimigen Gliedmaßenenden kriechen in alle Körperöffnungen. Und wenn ich *alle* Körperöffnungen sage, dann meine ich alle Körperöffnungen. Ja! Auch die Nasenlöcher. Zuerst kriecht das dünnere Gliedmaßenende los, dann das dickere, dann das noch dickere und das geht eine Weile so weiter und so habt ihr zwei, das grüne, schleimige Alien und du, euren Spaß. Und, das darf man nicht vergessen, ihr tragt auch zum interkulturellen Dialog bei. Der, glaube ich, 1977 von einer goldenen Schallplatte, die die NASA der Voyager 1, 2 oder 3 mitgegeben hat, angezettelt wurde und auf der Waldheim mit seiner sonoren Stimme »Herzliche Grüße an alle« ausgerichtet hat und die, die Grüße nämlich, sind offensichtlich angekommen und jetzt hast du den Salat.

Während du aber gerade an einer Nach-Hause-telefonieren-Petition feilst, schmeißt dich der Traktorstrahl schon wieder aus der fliegenden Untertasse raus. Und, weil so ein Alien ja auch seine Manieren hat, nicht einfach so in den Straßengraben, sondern direkt in dein Bett.

Nachdem es dich direkt in dein Bett und nicht etwa versehentlich ins Bett des Nachbarn, was dann einen Dialog mit der eher eifersüchtigen Partnerin herbeiführen hätte können, beamt, muss man fast annehmen, dass der interkulturelle Dialog ja funktioniert haben muss, sonst hätte das Alien ja gar nicht deine Adresse gehabt.
Das ist anscheinend wirklich schon passiert.

ACHT
Du bist Lehrer. Du bist mit deiner Freundin in der U-Bahn. Du wirst mit misstrauischen Blicken bedacht. Du wirst um Drogen angegangen. Du fragst dich, ob das jedem so geht, oder ob das was mit deiner Pigmentierung zu tun haben könnte, die nicht allzu hell ist, eigentlich eher dunkel, schwarz könnte man sagen. Du wirst ignoriert, bestenfalls.
Du wirst halblaut bis sehr laut beschimpft. Du kommst zu deiner Haltestelle, steigst aus. Plötzlich wirst du von hinten angesprungen und zu Boden geworfen. Du versuchst dich zu wehren, deine Arme werden auf den Rücken gedreht und fixiert, was leider ein paar Rippen so nicht hinnehmen wollen. Die Angreifer, aber das erfährst du erst viel später, weil Dienstmarke herzeigen nichts für He-Men ist, sind Polizisten. Du frisst Staub. Deine Freundin hat dich geistesgegenwärtig am Boden liegend gefilmt, gut für die Untersuchung später, ganz schlecht für deine intakte Würde. Jetzt kann sich also dein Anwalt auf deine Kosten um den Fall kümmern, aber was hast du da schon davon. Die Polizisten werden weiter perlustrieren. Du wirst weiter im Krankenhaus ausheilen müssen. Und das ist wirklich schon passiert.

THEKENTALK
ODER MANIFESTSCHRIFT

Slam
Markus Köhle
Poetry

Bar/Spät, Bier/Wein, Rauch auch, Er/Ich, Erstkontakt.

ER: Schreibst du?
ICH: Nein.
ER: Schrübest du, was schrübest du?
ICH: Schrübe ich, was schrübe ich?
ER: Ja, schrübest du, was schrübest du?

Schluck Bier, absetzen, räuspern. In sich gehen, ausholen, loslegen.

ICH: Schrübe ich, ich Rübe ich, ich würde über Würde schreiben. Über Würde und Bürde, Hürden und Hindernisse, Ärgernisse und Aufrisse, Abrisse und Abstand, Verstand und Vernunft, Zukunft und Zusammenhalt, Altwerden und Altsein, Sein und Werden, Würgen und Kotzen, Katzen und Hunde, Stunden und Zeit, Maß und Ziel, Maßlosigkeit und Ziellosigkeit, Heiterkeit und Ernst, Maxi und Gusti, Maximalerrungenschaften und Minimikromäßiges, Mittel- und Übermäßiges, Gefräßiges und gefährliches, Zahmes und Zierliches, Manierliches und

Derbes, Herbes und Herpes, Pest und Cholera,
Cola und Rum, Jetzt und was nun?

ER: *Sagt erst mal nichts.*

ICH: Schrübe ich, ich fände mir eine Form, die weder Gängigem, Vertrautem, Bewährtem entspräche noch einer Norm.
Schrübe ich, ich fände mir eine Sprache, die sich die Form zur Brust nähme und ihr mehr einhauchte als Pointen, Klischees und Häme.
Die nicht vor Reimen in die Knie geht, wenn's um den Reim als Transportmittel sich dreht.
Die sich den Klang zu Nutze macht und wenn aus Nutze »Nutte« wird, lacht.
Die zwar recht flott aufmarschiert, aber unterschwellig doch auch Substanz mit sich führt.
Die es erlaubt, auch heikle Dinge anzusprechen und mit hartnäckigen Tabus zu brechen.
Die es erlaubt, auch ganz anders zu sein, zu sondieren, zu verwirr- und irren, zu verschrauben und zerklauben, aufspalten und aufhalten, zu umschreiben und umschlingen, auf- und vorbringen, zu benennen und beflennen, auskotzen und hinrotzen.
Die mit dem Kopf durch die Wand, weil im Kopf der Verstand.
Eine Sprache, die Wände und Grenzen überschreitet, die Händen und Schwänzen entgleitet.

Die schlüpfrig und hart sein darf, auch holprig und zart bei Bedarf.

Die aber immer individuell und aktuell, hell und dunkel, munter und drunter und drüber und überbordend, ausufernd und ausrufend, abseilend und vorauseilend, ab- und einschließend und schließlich treffend und trefflich ich.

ER: Ich versteh.

ICH: Schrübe ich also, so würde mich fragen, ob man das alles so sehen kann?

Und wenn ja, was das denn dann …?

Ob man auch anders …? Und wenn ja, warum denn dann nur so la la? Und wenn man dadurch darüber noch mehr erfährt, ob das dann auch etwas länger währt?

Ob die Erkenntnis sich einstellen muss und ob die Gedanken ein Produkt des Fluss?

Ob es dem Strömen der Zeit entspricht oder auch das Gegenteil nicht?

Ob die Grenzen dadurch leicht überschritten und darunter auch unsere Vorfahren litten?

Ob die Vergangenheit immer Fehler macht und warum die Zukunft uns alle verlacht?

Ob das Geld uns die Zeit kostet und ob auch die beste Freundschaft rostet?

Ob Schreiben und Fragen vom Schreien und Sagen entbindet und ob irgendwer im Publikum nun Großes empfindet?

ER: Ah ja … ich meine, ja. Also … ich.

ICH: Ja, schrübe ich, ich schrüb' auch über Konjunktive. Über Konjunktive und Wesenstiefe, Westernstiefel und Osterhasen, Hasenfüße und Schiffskombüse, Hochseefahrt und Damenbart, über Bart Simpson und Schrimpscocktails, Fairy Tails und andere Schwänze, Rosen- und Adventkränze, über Kirchenschmus und Kirschenmus, Apfel- und Atomkerne, über möchte, habe, wäre gerne.
Über Überfluss und Abschaum, Unkraut und Obstbaum, über Umwelt und Macht und Geld, über Feldhasen und Blumenvasen, Golfrasen und Golfkrieg, Niederlage und Kantersieg, Gerechtigkeit und Zeitvertreib, Treibsand und Autorenverband, Bandenbildung und Jugendbanden, Außenseiter die den Gral fanden, über Andenexpeditionen und Häuserexplosionen, Diskussionsrunden und Reitstunden, über Pferdemist und Seitenrist und Schweinsgalopp und ex und hopp.

ER: Schweinsgalopp und ex und hopp?

ICH: Ja, Schweinsgalopp und ex und hopp. Über Hoppala und Trallalla, bin schon weg und wieder da.

ER: Ah ja. Ähm, du, ich muss dann mal …

ICH: Und ich schrüb' über Mut und Wut.
Über Übermut und Schwermut, Hochmut und Wermut, über Heldenmut und Götterwut.
Über Wut im Bauch und Wut im Kopf, Wut als Motor und Mut als Rotor.

Über Ideale als Antrieb und das Reale als Peitschenhieb, über Seitenhiebe und Unkenrufe, Seitenwechsel und Opportunistenberufe, über Quertreiber und Übertreiber, Abschreiber und Vorschreiber, über Vorschriften und Face liften, Lifte bauen und Frauen verhauen, über Wälder fällen und Brüste schwellen, über Wellengang und Flut, böse, schlecht und gut.

ER: Ist gut. Also, schönen Abend noch.

Verzieht sich unauffällig.

ICH: Schrübe ich also, so dächte ich mir was dabei. Denn was ist denn schon dabei, sich gelegentlich Gedanken zu machen und dazu zu stehen?
Was ist denn schon dagegen einzuwenden, sich gegen verkorkste Strukturen zu wenden?
Was kann man denn nicht alles machen?
Was kann man denn nicht alles machen, wenn man will?
Was kann man denn nicht alles machen, wenn man will und weiß, dass man kann und nur muss?
Was kann man denn nicht alles machen, wenn man es einfach nur macht?
Wenn man es sich einfach nicht immer nur zu einfach macht, nicht nur nickt und lacht, nicht nur zynisch und ironisch, nicht nur kryptisch und komisch ist.

Man kann nicht nur austrinken, sondern auch nachschenken.
Man kann nicht nur rausbrüllen, sondern auch nachdenken.
Man kann aufstehen, etwas sagen und dazu stehen.
Man kann das Wort erheben und danach aufrecht von der Bühne gehen.
In diesem Sinne:

WORD *UP*!

Wünsche an wen

Poetry
Mieze Medusa
Slam

Ein loser Forderungskatalog an die Lokal- und die Weltpolitik, an das Duracellhäschen, an das Christkind, die Zahnfee, den öffentlich-rechtlichen Rundfunk, an diverse Universitätsbeiräte und an die Frauenbeauftragten jedweder politischen Zuordnung. Notizen dürfen gemacht werden.

Ich wünsch mir …
… vom Christkind die Spritzkerzen
… vom Chef die Gehaltserhöhung
… vom Nebenmann an Respektabstand – auch in der U-Bahn, auch im Stoßverkehr
… vom ORF, dass er keine Mobiltelefonwerbemaskottchen und keine VIPs mit B-Rating für sich tanzen lässt. Castingshows und Bildungsauftrag – Oida, muss ich wirklich erst erklären, warum das nicht zusammenpasst?
… von mir, dass ich dem ORF diesbezüglich endlich einen Seherinnenbrief schreib

Ich wünsch mir …
… von der Welt: Gleichen Lohn für gleiche Arbeit und im Zusatz die Möglichkeit, gleiche Arbeit überhaupt machen zu dürfen

... von der Politik: die Rahmenbedingungen dafür, nicht nur die Lippenbekenntnisse dazu
... von der Kellnerin einen frischen Drink und ein bisschen Salzgebäck für zwischendurch, so politisiert sich's gleich besser
... von Thor seinen Hammer, den brauch ich zum Zertrümmern der gläsernen Decke
... von mir, dass ich die gläserne Decke endlich mal genauer auf ihre Risse und ihre Durchlässigkeit untersuche

Ich wünsch mir ...
... von der Zahnfee einen Schokoriegel
... vom Duracellhäschen, dass es auf Akkus umsteigt
... vom *AC/DC*-Fan, dass er auf dem Weg von Linz ins Wiener Praterstadion sich in der ÖBB nicht ins Damenabteil setzt
... vom Herrn Dichand oder von der Frau Fellner eine Frauenzeitschrift, die nicht nur über Sonnenschutz, Diäten, Hautalterung und Schönheitschirurgie schreibt
... von mir, dass ich besagte Zeitungen nicht nur kaufe, sondern auch lese

Ich wünsch mir ...
... von Waschmittelwerbungsmachern, dass sie ihre Meinung über den Intelligenzquotienten der Zielgruppe Frau ein bisschen stärker verschleiern und wenigstens so tun, als hätten sie sich etwas einfallen lassen

... von Religionen, dass sie Frauen und ihre Bedürfnisse deutlich weniger verschleiern und ich rede jetzt definitiv nicht nur vom Islam. Mentale Kopftücher haben wir selbst die Menge
... vom Staat, dass er die Kirche Kirche sein lässt. Soll heißen: kein verpflichtender konfessionell gebundener Religionsunterricht, keine Kreuze in der Schule, keine Zusammenarbeit bei Kirchensteuern und noch so ein paar Ärgerlichkeiten
... von mir, dass ich mich von meinen katholisch geprägten Schuldkomplexen befreie, bevor ich 40 werde

Ich wünsch mir ...
... von den Universitäten, dass sie die einzige Rektorin nicht aus ihrem Altherrenkreis mobben. Ich wünsch mir Frauen als Studentinnen, als Assistentinnen, als Professorinnen, als Rektorinnen – auch auf den TUs und auch in Leoben
... von der Sozialdemokratie, dass sie sich daran erinnert, dass der freie Hochschulzugang auch ohne Verdienst- und Studienzeitgrenzen eine Errungenschaft war, genauso wie der zweite Bildungsweg. Ich wünsch mir Rahmenbedingungen dafür, nicht nur Lippenbekenntnisse dazu
... von Christkind, Zahnfee, Osterhasen, Parteilandschaft oder Wahlvolk – je nachdem, wer's auf die Reihe kriegt – eine Frau Bundeskanzler und eine Frau Finanzministerin
... von der Frau Finanzministerin oder vom Herrn Finanzminister, dass in Krisenzeiten das Steuergeld zur

Ankurbelung der Konjunktur nicht nur in die Bauwirtschaft gesteckt wird. Wie wär's mit mehr Geld für den Bildungssektor? Ab Kindergarten? Und den ab null Jahren?
... von mir, dass ich jeden Mann, der mir vorjammert, dass die Frauen einfach zu wenig Kinder bekommen, damit alles beim Alten bleibt, danach frage, wie er auf die Idee kommt, dass ich will, das alles beim Alten bleibt?

Ich wünsch mir ...
... von Schneckerl und Konsorten öffentlich kundgetanes Interesse an Frauenfußball
... vom Gemeinderat eine Adelheid-Popp-Straße für jedes Kuhdorf
... von den Vätern mehr Karenzbereitschaft
... von Polizisten und Beamten und Stammtischhockern mehr Bereitschaft zu geschlechterneutraler Sprachkreativität
... von Familien und Nachbarn, dass sie ihre Kinder nicht nur vorm fremden Mann mit Schlecker warnen
... von meinem Freund die Bereitschaft zum Halbe/Halbe machen oder sogar mal Dreiviertel/Einviertel, wenn der Hut brennt
... von mir, dass ich mich nicht hinter meiner Emanzipation verstecke, nur weil's mich grad nicht abwaschen freut

Ich wünsch mir – und das ist jetzt die Zusammenfassung: Brot & Rosen, meine Damen und Herren, Brot & Rosen.

(Ab jetzt singend wie Hildegard Knef auf Lachgas)

»Mit 16 dachte ich still, ich will.
Will groß sein, will siegen, will froh sein, nie lügen.
Mit 16 dachte ich still, will alles oder nichts …
Für mich soll's Brot und Rosen regnen …«

brühen

Aus der Serie: **Mögliche Spielarten modernen Minnesangs** zum Thema einseitige Liebesbekundungen bzw. unerwiderte Leidenschaft

AMORS AMOK

ODER FLIEG, BABY FLIEG!

Slam
Markus Köhle
Poetry

Sssssssssssss
Ssssssssssssei
Sssssssssssei du
Ssssssssssei du mir
Sssssssssei du mir mein
Ssssssssei du mir mein mich
Sssssssei du mir mein mich ausmachend
Ssssssei du mir mein mich ausmachend Gutteil

Dein Amorpfeil hat mich voll und ganz getroffen
Ein Harpunenpunch ist nicht leicht wegzustecken,
zumal als Nicht-Wal
Ich bin für dich in Gefühlen abgesoffen
Klingt nach Qual, ist mir aber allemal lieber als
Gefühlsunversehrtheit
Hallohallo – Schmatz! – ich bin da und bereit

Ich bin dein ringes Kerlchen mit blonden Kinnhärchen
Ich bin dein Empfindlichterloh, dein lebenslänglich Lebhaft
und Lebensfroh

Ich bin dein Stets-zu-Diensten-Gefühlsschutz-Heiducken-Hauptmann
Ich sag, was gesagt werden,
ist dasselbe, was gedacht werden kann
Und ich spanne den Bogen und bleibe trotzdem ungezogen

Sei mein Tiefganggedicht und mein Verzweifelmeinnicht
Ich kreier dir Verbalerotika
Ich reparier dir die Heizungsumwälzpumpe
Ich lumpe mich nicht, dir dein Schmandkuchen zu sein
Ich bin dir dein Schweinemett,
deine schneeschaufelstieldicke Stracke
Sei du meine Depressionsregressions- und
Überwinterschabracke
Die Verzager dürfen nicht die Oberhand gewinnen
Sei in mir und mit mir von Sinnen
Sei nicht möglichkeitsbillig, sei nicht zweifelverhaftet
Sei nicht vögelfreiwillig, sei nicht dauerentsaftet

Sssssssssssss
Sssssssssssei
Ssssssssssei du
Sssssssssei du mir
Ssssssssei du mir mein
Sssssssei du mir mein mich
Ssssssei du mir mein mich ausmachend
Sssssei du mir mein mich ausmachend Gutteil

Ich sag, was gesagt werden, ist dasselbe,
was gedacht werden kann
Und ich sage: Jetzt bist du dran!

(Jetzt ist sie dran)
Ähm ja, … na, dann
Jeder deiner Sätze ein Muster, eine Textur
Jede deiner Zeilen an mich, ein Liebesschwur
Nur:
Du gibst mir nichts
Du sagst mir nichts
Du bringst mir nichts
Ich brauch dich nicht

Es ist dein Klüngelton, der mir nicht behagt,
dein kruder Zwistfaktor
Es ist dein Alltagshohn, der mich dauerplagt,
dein cooler Gefühlsreaktor
Es ist diese Cordsamtigkeit an dir, mit der ich nicht klarkomme
Deine Unstimmigkeitsfixierung ist dein Panzer
und Hemmschuh
Dein Makeup-Handling ist um liebliche Verputzigkeit bemüht
Deine Ohrringigkeit reduziert dich auf Billigschmuck
Dein Sujetsetting wirkt aufgesetzt
Deine Brusthaarfreizügigkeit ist marktschreierisch
Die Divergenzintentionshaftigkeit deiner Aussagen all zu
offensichtlich
Nein, du gibst mir nichts

Du sagst mir nichts
Du bringst mir nichts
Ich brauch dich nicht

Aber sssssei du
Ssssei du mir
Sssei du mir mein …

Nein, sei du dir selbst dein Gummitier, dein Aufziehvogel und Spielmitmir

Aber …

Kein Gelaber, mach selbst mit dir Liebe, ich indes mach eine Fliege
Sssssssssssss
Ssssssssssss
Ssssssssss

(Klatsch, Fliegenklappe und aus)

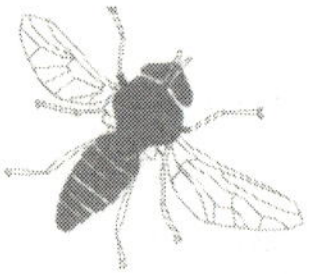

BEZIEHUNGSCROSSFADER

Slam
Mieze Medusa
Markus Köhle
Poetry

sol y sombra nennt man gute Karten beim Stierkampf. Sie liegen in der ersten Hälfte des Kampfes in der Sonne und in der zweiten Hälfte im Schatten. Will man den Stierkampf in seiner künstlerischen Wertigkeit genießen und beurteilen, so sind Karten *sol y sombra* auf den Rängen am besten, weil man dort die Gesamtheit des Kampfes am besten sehen kann. Will man hingegen den Stierkampf miterleben und die jeweilige Situation des Matadors und der anderen Akteure sehen und die Gefahr schätzen lernen, so nimmt man besser Karten in der *Barrera*. Das ist der tiefste Punkt in der Arena, wo man dem Kampf vis-à-vis beiwohnen kann.

Neulich nächtens.
Die Straßenecke liegt *luna y sombra* vor mir, breitet sich aus und eignet sich verflucht gut zum zeilenweise Schlafwandeln. Gezirkelte Schritte über trittbrettgroßen Waschbeton und Aufwachen lohnt nicht bei bekannter Aussicht aufs heimatliche Zinswohngebiet, das die Phonetik vorgibt, das dir Metaphern in die Schuhe schiebt und sprachlich Gas gibt.
Ich halte Schritt, wenn Metaphorik mit dem Strom fließt; erst aufgewacht, zerlege ich zu Fetzen, was im Speicher blieb, und klon den Weg und reproduzier geträumtes Malen nach Zahlen.

Poesie ist Sprache, die sich zu sich selbst verhält, hat er gesagt und sich mit diesem Satz zu mir verhalten.
Doch niemand weiß, was ein Gedicht ist, und wenn man dem erst ins Gesicht blickt, glückt der nächste Satz, wenngleich die Dusche tropft, der Müll nicht grade gut riecht und seine Hand entspannt auf meiner Brust liegt.
Ablenkung gäb's genug, eine schnelle Nullnummer zwischendurch zum Beispiel, ein ganz passabler Pasoquadroble, kein kleiner Tod zwar, aber immerhin Portionsatemnötchen ohne Expertenjury auf den Plätzen *sol y sombra* und das Voting am Ende über dem Durchschnitt und via Sensorenexplosions-SMS.

Stich nicht mein Herz aus unserem Beziehungsteig
Walk weiter
Walk wieder with me
Geh wieder mit mir
Geh wieder mit mir baden
Geh wieder mit mir unter
Geh mir wieder unter die Haut
Haut ab, Selbstzweifel
Heb wieder ab, wenn ich dich anrufe
Auch um 3 Uhr nachts
Heb wieder ab mit mir, im stillen Einverständnis bei gemeinsamen Beobachtungen

Neulich morgens.
Diese Dichterin ist nicht ganz dicht, wenn sich das Koffein

entzieht. Ich fokussier das Fliesenmuster, lausch dem Flimmern an der Mietzinshauswand gegenüber, zeilenweise such ich mit der Zunge nach Salzquarzresten auf der Buchstabensuppe meiner Haut.
Das ICH verschwimmt und sie, die Dichterin, erklärt sich selbst zum Katastrophenschutzgebiet. Poesie sind Finger, die sich zu sich selbst verhalten, hab ich zu dir gesagt. Ein Satz wie eine kalte Dusche, die tropft und langsam sickert. Der Morgen ist sinnig y sombra, macht Sinn und trotzdem rinnen Schatten über meine Haut, wenn ich nach Milch für den Kaffee frag, du reichst sie rüber, ich untersuch den Cornflakeschachtelschattenabriss an der Wand, ich wasch die Teller mit gepflückten Schachtelhalmen, trenn den Müll, ich denk mir meinen Teil, denn ich will endlich wieder ich sein und es könnte sein, dass ich grad laut gedacht hab.

Was soll das heißen: »Ich bin jetzt endlich wieder Ich«
Sei wieder mein Seelenfrostschutzmittel und nenn mich nicht Seriositätsweichspüler
Sei wieder mein Charmebolzenschneider und nenn mich nicht Oberflächenbrand
Sei wieder mein Knutschfleckensalz und nenn mich nicht schwanzloser Froschlurch

Lass uns wieder sorglos und lasterhaft sein
Ich bin dein Himmelsstürmer, deine Himmelsschlüsselromanfigur, deine vorwärts, rückwärts, seitwärts Einparkgarantie

Ich bin dein dich Trocken- und Feuchtrubbler, dein für dich im Sitzen Pullerer, deine Haushaltsversicherung mit Rückkaufsrecht
Lass mich wieder dein leistungsfähiger Teppichklopfer sein
Ja, ich Depp ich, will für immer dein quietschvergnügtes Glücksschwein sein

Erklär ihn mir, den Reibflächenwidmungsplan und nenn mich nicht Abschirmer
Ich bin kein Sorgengarant, Problemgenerator und Fast-Forward-Innerlichkeits-Exporteur
Ich bin dein Busenmaulwurf, sei du wieder meine Platzhirschkuh

Ich offenbar dir meinen Wonnenquellcode
Ich mach dir den Weltendreckkotflügel
Ich klopfe auf Stolz und bin aus gutem Wachs gezogen
Ich mache keinerlei Anstalten, Ansprüche auf Beinbrüche für Gefährten zu erheben
Lass uns wieder zusammen walten
Wir ticken gemeinsam und sind in time
Noch ist nichts zu spät

Stich nicht mein Herz aus unserem Beziehungsteig
Walk weiter
Walk wieder with me
Geh wieder mit mir
Geh wieder mit mir baden

Geh wieder mit mir unter
Geh mir wieder unter die Haut

Neulich, Siesta.
Irgendwas in deinen Augen hat mich kirre gemacht und in die Irre geführt. Ich kippe nach hinten, insistiere Zitate ins Delta eines dunklen Erdteils, bewaldet mit Brustfell.
Du lieferst Zutaten, ich zupf mich tiefer durch petersilfedriges Haar, begrüß die Freunde von früher.
Ein Beat ist Gegenwart und die Sekunde sirrt, bevor sie dann erstarrt.
Wenn das nicht Liebe ist, ist es die Bombe und die Hoffnung – die auf einen Blindgänger –, denn einen Augenaufschlag später erzwingt die Weichzeichnersoftware den Systemneustart, und nur die sachte Bewegung der Kiefer und Lippen verrät, dass ich bis eben grade beinah meine Lust verlautmalte.
Systemzwang oder vertrautes Malen nach Zahlen mal wieder, die Dusche tropft noch immer und der Müll stinkt, und ob du einen Froschlurch oder eine Kaulquappe an deine Lippen führst, ist an und für sich Nebensache.
Ablenkung gäb's genug, das Cornflakeschachtelschattenquartett und die Buchstabensuppe vom Frühstück zum Beispiel, die Fetzenzeilen der Straßenecke neulich nächtens, zeilenweises Fremdgehen mit Jambus, ein flotter Dreier mit Trochäus, gekörnte Untreue durch Kreuz- und Doppelreim, freies Geleit für freie Assoziation, wobei noch immer niemand weiß, was ein Gedicht ist.

Poesie ist Sprache, die sich zu sich selbst verhält, sagst du nicht grade hilfreich, und ich schleich mich, ich hiev mich raus aus der Umklammerung, verzieh mich aus deinen Armen, ja, ich flieh dich, ich such nach meinem Schattenplatz mit manchmal Sonne, nicht in medias res, sondern *sol y sombra* und die Expertenjury ICH.

Was soll das heißen: »Ich muss dich verlassen«
Lass mich wieder in deinen Terminkalender
Lass mich wieder dein Intimsoftwarehandler sein
Lass mich wieder an deinen Seifenspender
Lass mich wieder Thema deines Webblogs sein

Gib ihn mir wieder, den Gegenwartsbeat
Mix mich wieder in dein Alltagsset
Sample wieder unsere besten Seiten
Mach mir wieder Beine und
Gib mir einen Bewährungsnachschlag
Schlag Lösungen vor
Schlag mir Fehler um die Ohren
Mach mich zur Schlagzeile in deiner Klageszeitung
Falt mich auf, breit mich aus, aber wirf mich nicht zum Altpapier
Recycle mich

Sei wieder mein Unbeschwertfisch und nenn mich nicht Zwischenfaller
Sei wieder meine Gelassenheitsheizung und nenn mich nicht Gefühlskühlschrank

Sei wieder meine Lustschleuder und nenn mich nicht Leidenschaftsvergeuder

Stich nicht mein Herz aus unserem Beziehungsteig
Walk weiter
Walk wieder with me
Geh wieder mit mir

Neulich im Zwischenraum.
Mutierte Riesenwürmer fragen sich, warum der Superheld Signale singt und trotzdem lähmt das intonierte Sinuskurvenjupidu. Das Alien nimmt mich mit zu sich, maskierte Piraten mit Zahnreihenlücken verdichten sich zu einem Schlagzeilenhaiku. Ein Auerhahn stalkt mich, mein Turbotangoturnschuhschritt tanzt zu dem Beat und greift nach Raum und will Gestalt sein.
Die Sprache reicht nicht mehr, das Wort allein ist ihm zu wenig, was ist schon ein Gedicht, fragt wer, verflucht, ich weiß es nicht, ich sagte schon, ich lebe zeilenweise, ich bin gelegentlich sogar prosaisch …
Sprich wieder Klartext mit mir, sagst du, und klar, das kann ich:

Geh wieder mit mir Antiabflussverstopfgitter kaufen
Geh wieder mit mir nächtens heimlich Sperrmüll entsorgen
Geh wieder mit mir zum Lieblingswirten saufen
Geh wieder mit mir zur Nachbarin Schnitzelbrösel borgen

Grill wieder Brat- und Weißwürste mit mir
Lass mich dein Hinterhof-Kugelgrillmeister sein
Lass mich für dich die Holzkohlen aus dem Supermarkt holen
Verzehr wieder karzinogene Kotelettekrusten mit mir
Lass mich wieder für dich schwitzen und wegen dir rot werden
Glüh du wieder für mich

Geh wieder mit mir
Geh wieder mit mir baden
Geh wieder mit mir unter
Geh mir wieder unter die Haut
Haut ab, Selbstzweifel
Heb wieder ab, wenn ich dich anrufe
Auch um 3 Uhr nachts

MÜLLMEHRWERTWECHSELKURS

Slam
Mieze Medusa
Poetry

Mach mir aus Müll meinen Mehrwert
Recycle die Marotten, paus die Flausen ab
und mal sie blau
Verspachtel meine Makel, fahr doch meine Dellen ab
Mal mir mal die Wände aus
Zeig mir, dass du an uns glaubst

Ich bin die Frau mit Geschichte,
bin mit Geschichten angereichert,
Nähkästchengeplauder über Kaffeesatzkonstrukten,
Schock und schwere Not und Anekdoten, vollgesoffen mit zu oft oder zu wenig oft gesehenen Gesichtern, angesoffen mit Gerüchen, missverständnisvollgetränkt. Gefluchte Flüche knistern unter Makeup-Restbeständen, bin von was geprägt und von den Rückständen durchwoben.
Könnte was erzählen von Malheurs, vom Kreuzverhör und dem, was dann passiert.
Könnte was erzählen von Gewäsch, vom Gähnen, Gammeln und dann später Gehen, und dem, was dann passiert.
Ich hab mir Kerbholzkerben zugezogen,
hab mit Türstöcken touchiert, den Weg hierher bin ich flaniert und stadtlandquer durch Kellerecken, Sackgassen,

Wolkenkratzkonstrukte, Lofts und Gartenlauben, quer durch Irrgärten gezogen. Voll das Leben halt, da kann mir echt nicht wer so schnell noch was erzählen. »Kennst du eh«, sag ich zum Freundeskreis oder zu dir, und dann: »Sag, kannst du nicht die Bremsspur sehen?«
Bremsgewicht, Druckluftbremse, Drecksluftbremse, Schleudertrauma, Bolzenschneider, Rost und Schrottwert und am Boden liegend weitergehen.

Ich bin beschädigte Ware,
ja, ich bin auch schon etwas eingedebscht. Seh mehr und mehr wie der so sehr geliebte Teddybär mit Fransen, Spuckefleck, Knopfaugen- und Gliedermangel aus, doch wenn ich abgenudelte Person noch eine Chance bekomm, dann wär dadurch vielleicht etwas saniert.

Mach mir aus Müll meinen Mehrwert
Recycle die Marotten, paus die Flausen ab und mal sie blau
Verspachtel meine Makel, fahr doch meine Dellen ab,
Mal mir mal die Wände aus,
Zeig mir, dass du an uns glaubst ☜

Ich bin der Mann ohne Geschichte,
L'homme nonhistorisch mit nicht nix, aber nicht viel im Marschgepäck, nur Seemannsgarn, Moskitonetz und nonchalantes Werben oder Ummichwerfen mit bewährten Plattitüden, Gesprächsplatzhaltern und dem Ruf nach mehr Expertenkommissionen. Ich bin »Jetzt stell dich nicht so

an«-Gesprächsstofflieferant, ich such nach Abenteuern, ich versuch zu fliehn, ich such nach Anklang, appelliere an Verstand im Um-den-heißen-Brei-Gespräch, nur manchmal platzt mir dann der Kragen, wenn ich wieder mal den Subtext nicht versteh.
»Was war da zwischen den Zeilen?«
»Was hätt ich jetzt schon wieder wissen müssen?«
»Kannst du jetzt bitte einfach sagen, was du willst?«
»Ist das für dich so ein Problem?«
Doch wenn mir dann nicht passt, was du dir wünscht, verhaspel ich mich an dem Ja-Nein-oder-Vielleicht in meinem Bauch und lehn dann später über Biergläsern; kann mal wieder Welten nicht verstehen.

Und manchmal, aber sag das bitte keinem,
verhängt sich Kitsch von einem Movie, das ich nominell nur wegen dir anschau, in meinem Zwerchfell. Manchmal brennt sich der Geschmack von selbstgemachten Cookies oder Kuchen in die Zunge ein. Manchmal weiß ich nicht, wohin mit meiner Lust auf den Geruch von uns, nachtalt nach wieder mal nicht Sex gehabt, doch riecht das Bett nach uns und ich:
Ich bin von Kopf bis Fuß auf Alltag eingestellt.

Mach mir aus Müll meinen Mehrwert
Recycle die Marotten, paus die Flausen ab und mal sie blau
Verspachtel meine Makel, fahr doch meine Dellen ab,
Mal mir mal die Wände aus,
Zeig mir, dass du an uns glaubst

Es ist ein Warten, ist ein Sitzen, ist ein Gehen und sich Umsehen, Rumstehen, Wärmespendersuchprogramme, Lehnenwollen, Hochschieflager anstreben, ist ein Sehnen, Riechen, Mitleben, ist ein Abwegen von Umwegen, ein Zweifel an den Tag heben, Hadern mit und ohne Grund, ein Basislager anlegen, Ansinnen nachsinnen, Anspinnen, Abheben, ist ein In-die-Kurve-legen, ein viel zu selten oder viel zu häufig Nachgeben, je nachdem …
Hinsehen, immer wieder nachsehen, Hochglanzpolitur verlegen, fragen: Wie viel Zeit hast du für wen jetzt wieder ausgegeben? Ein Nachfragen mit Nachwehen, ein Gas geben, sich in Schlaf wiegen, sich als Schaf sehen, nie den ganzen Schaden beheben, ein In-Waagschalen-Legen, ein blödes Unterfangenspiel, ein Lass-nicht-nach, ist ein Verdammt-nochmal-jetzt-frag-doch-nicht-so-viel, sich manchmal hingeben, manchmal mitspielen, auf und in den Arm nehmen, Subtextlesefehler falsch verstehn, ein Halt-den-Atem-an, zähl sacht bis zehn. Es ist ein Zulassen von Umwegen.

Mach mir aus Müll meinen Mehrwert
Recycle die Marotten, paus die Flausen ab und mal sie blau
Verspachtel meine Makel, fahr doch meine Dellen ab,
Mal mir mal die Wände aus,
Zeig mir, dass du an uns glaubst

LIEBESTEUFELSKREIS,
KREISLIEBESTEUFEL,
TEUFELSKREISLIEBE

Slam
Markus Köhle
Poetry

Ein Liebesloop inspiriert von der Scheidungsrate in Österreich

Ouuuuh
Ouuuuh
Ouuuuh
Ouh, there's nothing better than falling in love
to fall in love
In die Liebe fallen
Die Falle Liebe
Einfall Liebe, ein Fall für die Liebe
ein Fall für den Anwalt, ein Liebesreinfall
Ausfälligkeiten, Kreditfälligkeiten, Besitzstreitigkeiten,
Zahlungsunfähigkeiten
Unfähigkeiten, Unfähigkeiten

Rechtsanwaltskosten, Kosten, Kosten
Die Liebe kosten
Die lieben Kosten unterschätzen, unterschätzen
sich überschätzen, übernehmen, übernehmen
übel nehmen, das Übel nehmen
sich das Übel nehmen
hinnehmen

sich nehmen, das Leben
sich das Leben nehmen
und was draus machen, und was draus machen,
und was draus machen
Was machen, was denn machen, was denn draus machen?

Sich nichts draus machen
Sich anmachen, sich anlachen
Das Licht ausmachen
rummachen
Liebe machen
machen, machen, machen

Ouh, there's nothing better than falling in love
to fall in love
In die Liebe fallen
Die Falle Liebe schnappt zu
und
…

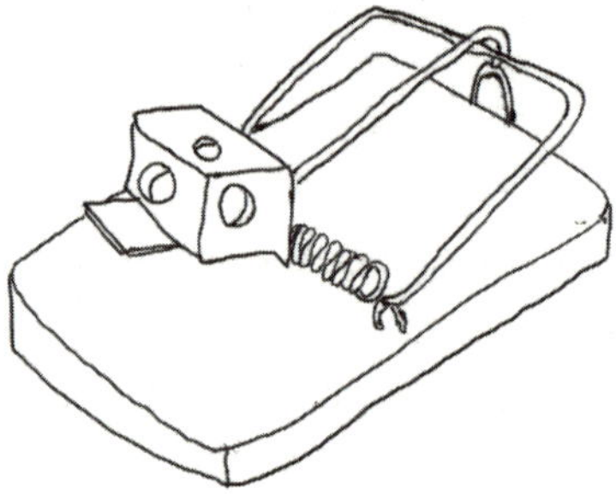

POSITIONEN OHNE SONDERLICHE ANMUT

Slam
Mieze Medusa
Poetry

Regieanweisungen sind kursiv gedruckt, Tanzbewegungen werden nach Lust und Laune ausgeführt.

Möglicher Introtext:
Ich komme ja schön langsam in das Alter, in dem man sich mit einer gewissen Wehmut an die aufgezwungenen Ballettstunden der Jugend zurückerinnert. Es tut mir aber leid, dass Sie dabei zusehen müssen.

Position ohne sonderliche Anmut 1
Die Ballettgrundpositionen für Beine und die für Arme werden durchexerziert.

Berühmte erste Worte:
»Bist du öfter hier?«
»Du, ich kenn dich doch von wo ...«
»Willst ficken?«

Position ohne sonderliche Anmut 2
Demi-plié, Demi-plié, Grand-plié ... im Großen und Ganzen kann man sich das als Kniebeugen in Froschschenkelhaltung

vorstellen. Auf die Armhaltung achten! Die folgende Position wird in der Melodie eines Latin Jazz Classics gesungen – von mir aus als Hommage an Astrud Gilberto, wobei es sich von selbst versteht, dass die Töne ungefähr so präzise daherkommen, wie die Tanzbewegungen, also gar nicht präzise.

Ein Satz, ein Blick, ein das, was du bist.
Ein verschachtelter Kuss und dann lang wieder nichts.
Überwirft das denn nicht die Balance und den Mix des Ichs?

Position ohne sonderliche Anmut 3
Arme in Grundposition Fünf (also über dem Kopf in elegantem Rund geformt), auf die Zehenballen und geht schon: Tour (also Drehung) einmal um mich selbst.

Ein Störgeräusch und ich stell mich meinem Klingelton.
Du rufst schon wieder an, weil du dich einsam fühlst,
jetzt sag mal an, was hat das eigentlich mit uns zu tun?
Ich will für mich sein, doch soll jetzt dich stützen?
Und wenn's dir dann wieder besser geht,
muss das dann mir nützen?
Wir sind zwei Seelen und ein Egotrip.
Doch wenn ich mal wieder einsam bin,
ertapp ich mich dabei, dass ich schon wieder deine
Nummer tipp.
Ich brauch dich so dafür, dass jemand meine Brüste trägt,
die schwerer werden.
Ich benötige dein Mitgefühl und einen, der den Husten

pflegt und zu mir steht,
wenn meinem Halskratzbaum ein Frosch entschlüpft,
und das wird mehr werden.
Will ich nur Alltag im Alter?
Will ich dich jetzt mit Haut und Haaren?
Will ich die Sicherheit, will ich den Sex? Will ich den anders?
Will ich den Kontostand und deinen Überziehungsrahmen?
Und lieb ich dich nur noch, wenn du was anhast?

Position ohne sonderliche Anmut 4
Für diese Position bietet sich eine Mischung aus Rumba- und B-Boy-Grundschritt absolut an. Finde nur ich übrigens, dass sich diese beiden Schritte verblüffend ähneln, oder ist die Erinnerung an meinen Tanzkurs schon arg verblasst?

Und wieder klopft das Telefon sich rein in den Intimbereich.
Und eine Freundin spricht von dem, was ich ja eh schon weiß:
Dass die Beziehung nicht so gut im Futter steht,
weil nicht der Nachwuchs schreit,
sondern der Vater seine Launen lebt.
Soweit mal ohne Drama oder Gürtelschnalle,
doch abgesehn von dem Gewaltverzicht
bist du nicht zimperlich,
du trägst das Geld, das du nicht hast, in Bars und in den kommerziellen Seitensprung.
Du fühlst dich eingeengt, dabei bist du schon vor dem Sohn zu ihr gezogen.

Du wolltest Geld sparen und sie besaß den DVD-Player.
Du wolltest's fein haben und ihre Couch war bequemer.
Jetzt neidest du ihr ihre Qualitytime und das Alleinsein,
wenn sie das Geld, das sie mit Kind zum Überleben braucht,
alleine im Büro verdient.
Und ärgerst dich, weil niemand deine Arbeit sieht,
wenn du bei Nacht gelegentlich mit deiner Band spielst.
Ich hör ihr zu, doch halt mich eigentlich zurück,
weil's mich nichts angeht, wie's um euch steht, und sie ist
außerdem kein armes Weiblein.
Sie hat Familie, Freundeskreis, Integrität und findet ihren
Weg von selbst, auch ohne meine Guidelines.
Doch du: Du siehst dich selbst als Querdenker, als Checker,
der den Durchblick hat
und lebst den Alltag Tag für Tag als Jelinek-Zitat?
Du denkst, dass du auf jeden Fall ein gewaltiges Geschenk
von Gott an die Welt bist,
doch das, was du sagst, steht doch zu dem, was du lebst, in
keinem Verhältnis.
Das ist nicht allgemein, das ist nicht wie ich die Männer seh.
Was mich betrifft, bist du ein Einzelfall,
doch frag ich mich, warum's dich gar nicht stört,
dass du so ein Klischee lebst.

Position ohne sonderliche Anmut 5

Spätestens jetzt ist es Zeit für den Punkrock. Also, Haare lösen oder Kapperl abnehmen, rechtes Bein nach hinten oder linkes Bein nach vorn stellen, Oberkörper nach vorne beugen, die

Haare über den Kopf nach vorne schwingen, heftig mit dem Kopf wippen und mit Metalstimme grölen:

Ein Kuss, ein Blick, ein das, was du bist.
Ein verschachtelter Satz und dann lang wieder nichts.
Irritiert das denn nicht die verflixte Balance des Uns?

Position ohne sonderliche Anmut 5 ½

Schweben, also Laufen an den Rand der Bühne und dann in einem Grand-jété, einem großen Sprung, alles geben, was Beine und Arme an Verrenkungen draufhaben!

Berühmte letzte Worte:
»Ich halt dich nicht mehr aus!«

Position ohne sonderliche Anmut 6

In neu gefundener Demut hängen die Arme bescheiden am Körper herab. Die Beine sind parallel gestellt.

Ich hätte wirklich gedacht, ich hätte noch ein Ass in meinem Ärmel gehabt

Verbeugung und Knicks.

Aus der Serie: **Erfolglose Liebesgedichte**

FRÜHSTÜCKSMELANCHOLIE

Beziehungsweise: Hätte ich womöglich Beziehungsarbeit leisten müssen oder ist der Scheidungshund ohnehin tiefer begraben?

1

Wenn du dich des Morgens auf die Schüssel schwangst
Dir und deinem Darm Einverleibtverdautes quick-kompakt
entrangst

Wenn du dich hernach zu mir zum Frühstückstisch gesellstest
Behände das für dich bereitet Frühstückseiei pelltest

Dann liebte ich dich wie Wurstsalat
Hatte Metaphern ohne End für dich parat

Dann warst du mein Wachholderhirschrohschinken
Hattest eine edle Habsburgernase und keinen groben
Schischanzenzinken

Dann warst du meine lecker Vogelbeerschnapsflasche
Hattest keine Neurosen, sondern die Alle-verrückt-mach-
Masche

Dann warst du mein sich selbst entleerend
Campingklo
Warst nicht faul, sondern halt einfach nur
im Bette froh

Ja, dann warst du mein Glückseligkeitsblankoscheck
He Schweißperle! Ich wär' immer noch für dich da, warum
bist du plötzlich weg?

2
Wenn du mit mir des Abends deine Zähne putztest
Wenn du dafür, wie ich, meine Zahnbürste benutztest
Wenn du beim Flossen Selchfleischfasern auf den Spiegel
specktest
Mir dabei deine beiden Hinternhälften keck entgegen-
recktest

Dann liebte ich dich wie Zeltfestbier
Dann wucherten die Metaphern in mir schier

Dann warst du meine Netzstrumpfgürtelrose
Hattest eine resche Musch und keine schale Thunfischdose

Dann warst du mir mein
Vibralustschreiklingelton
Mein Muntermacher, mein
Depressionstampon

Dann warst du mir mein Sapperlottsubstrat
Mein großer Wagen, mein Riesenrad
Ja, dann warst du mein Gefühlsrauschdauerständer
He Schweißperle! Kommst du wieder zurück, wenn ich versprech, dass ich mich änder?

(Die Antwort lautet natürlich »Nein«, weil es ja ein erfolgloses Liebesgedicht ist.)

LIEBE LIEBER LAUTER

ODER: BETTGEFLÜSTER UNTER DICHTERINNEN ✎

Slam
MiezeMedusa
Poetry

Ja, jubilier doch mal, hat er zu mir gesagt.
Hantier nicht nur mit Händen und Fingerspitzen.
Hau mich nicht nur um mit deiner Hautstruktur und deiner sonstigen Beschaffenheit.
Lass das retardierende Moment, sprachhandle von und an mir, treib den Erzählstrang ruhig auch akustisch voran.
Kreisch wie die Bergdole, die über den sich unerschrocken das Haferlekar herabstürzenden Snowboardern, Freeskierinnen und Figelfahrern kreist.☠
Stürz dich von deiner Anhöhe. Ich will dich von den Socken hauen oder vom Sockel, je nachdem.
Erschüttere dich für mich.
Erschrick nicht gleich, wenn ich auch verbal zur Sache komme, meine Delphindulzinea, mein Schweißperlinchen, meine Honigpraline, meine Schmachtmauer.
Ich kann dich nicht hören, Baby!
Mach mal Juhuii!

✎ Der Text kann mit den Worten eingeleitet werden: Markus Köhle schreibt Liebesgedichte, für die es sich zu rächen lohnt. Neulich hatte ich mal Lust, mich zu rächen.
☠ Je nach Ort des Vortrags eine lokale Erhebung und einen lokal üblichen Sport einfügen. Im Fall von Wien kreisen wohl Möwen über den Kitesurfern am Neusiedlersee. Im Fall von Hamburg irgendwas Geflügeltes über einer Bungeejumperin von einem Getreidespeicher oder einem Eisfischer im Wattenmeer.

Mach mir die Trobadora, aber lass bitte die Klampfe weg, du kannst ja ohnehin nur A und E und auch da vergreifst du dich zwischen den Seiten. A-capella-Liebesdienste tun's allemal und stellen die Harmonie zwischen uns her, bringen uns entlang einer Sinuskurve in Meinklang.
Sing für mich, Baby!
Quietsch für mich, mein Dackelblickentchen!
Mach mir die Whitney Houston, oder nein, so hoch kommst du nicht rauf, wird besser sein, du machst mir den Meat Loaf.
Knurr doch mal. Kläff und bell wie ein Giftzwergpudel, der sich den Liebespostboten erbost vornimmt.
Puste deine Lustschreie in den Äther, huste den Grillen in unseren Flausen was.
Lass deine Euphorie die Nachbarn hören, wir werden von deren Dampfgeplauderei doch oft genug in unserer Zweisamkeit gestört. Jetzt ist es Zeit für die akustische Gegenoffensive.
Werd hier ruhig etwas offensiver.
Definier mir den Venushügelkreuzgang, zähle laut jedes Schamhaar, das sich in unserer Lust verfängt und – viel zu jung und viel zu früh aus seiner Blüte gerissen – zwischen uns in die Laken gleitet.
Juchze für mich. Mach hinne mit der Minne. Sprich dich aus, beschreib, was du fühlst, übertreib ruhig ein bisschen an strategischen Punkten. Keine falsche Scham hier, bitte.
Hyperbolier mir die Fresse.
Kleide deine Zunge in Latex.

Zirp wie der Krill, der – von der Walwalze erfasst – seine letzte Tube in Richtung ewige Green Rooms entlangsurft.
Reite Richtung kleiner Tod.
Arbeite dem Blue Screen entgegen und mir in die Hand, also, mit der Hand halt.
Kommentier die Faktenlage, anfangs ruhig schüchtern, aber zeig dann auch den Dreck, den du dir hinter den Ohren nicht weggewaschen hast. Komm raus aus deinem Zungenschlagschatten.
Sei mein Greenhorn, also jungfräulich, aber: Baby!
Befleck dich für mich!
Bekleckere meine Ohren, schmier mir Pikanterien aufs Hautbrot. Schrei nach einer Zugabe.
Ich kann euch nicht hören, Innsbruck !
Macht mal: Juhuii!

(Auf das Juhuiii des Publikums hoffen)
Gib Gummi.
Versuch erst gar nicht, den Eindruck zu erwecken, du könntest kein Wortgewässerchen trüben …
Zerkau den Quatschkautschuk, bemüh dich, verstanden zu werden, Mörtelinchen.
Werd ruhig ein wenig dadaistisch, wenn's dann bald mal nicht mehr anders geht, aber verfall nicht in Kindchensprache. Es braucht keine Trompeten, um die Mauern meines Turmbaus zu Babel zum Einstürzen zu bringen, da reicht schon ein: »Ich hab dich lieb, Pupsi.«

Respektive Wien, Hamburg, Leoben …

Nimm doch kein Blatt vor den Mund, weder Feige, Eiche, Lorbeer noch Palmwedel haben dort was zu suchen. Steigere dich, lass nicht locker, reiß dich mit ins Crescendo!
Sagt er.
Hopp hopp, sagt er.
Holter die Polter, sagt er.
Hoppla, sagt er.
Und: Ui ui, sagt er.
Rollt sich runter, schweigt und schläft ein.

Und ich denk mir:
Beim Sex ist irgendwie wie beim Poetry Slam.
Das Finale machen manchmal die Jungs unter sich aus.

Aus der Serie: **Freud für den Hausgebrauch (1)**

Slam
Markus Köhle
Poetry

SCHAFWOLLROLLEN

ODER: ANGEWANDTE TAGTRAUMDEUTUNG

Li-Li-Li-Li-liebestoller – La-La-La-La-Lammfellroller☺
Li-Li-Li-Li-liebestoller – La-La-La-La-Lammfellroller

sang ich heute Morgen, während es hinter beziehungsweise unter mir, aus mir plätscherte. Ich fand Gefallen an der lautmalerischen Sentenz mit Porzellanplattformaufplatschgeräusch. Was mir jedoch ad hoc nicht einfallen wollte, war, wie ich dazu kam, von einem liebestechnisch aktiven Handwerkszeug zu trällern.
Woher diese Vormittags-Eingebung? Was soll sie mir sagen? Fragen, denen es auf den Grund zu gehen lohnt.
Ich schickte mein Tagesleistungs-Darmprodukt ins Reich des Dritten Mannes, betrachtete kurz meinen Johannes, sah keine Lammfellroller-Ähnlichkeit und machte es mir daher zum Guten-Vormittag-Auftrag, das Herrühren meines lieblichen Lammfellrollerliedchens im Laufe des Tages zu entschlüsseln. Frohen Mutes ging ich die Sache nüchtern und analytisch an.

☺ Dieser Refrain ist mit dem Publikum vor Beginn des Textes kurz zu proben und an den betreffenden Stellen dann per Handzeichen einzufordern.

Der Lammfellroller ist ein allen bekanntes Arbeitsgerät, um Wände schnell großflächig zu weißen oder sonst wie farbzutünchen. Der Lammfellroller besteht aus einer Walze an einem Bügel mit Griff, welcher auf Verlängerungen gesteckt werden kann, um so mit der Rolle selbst den entlegensten Winkel erreichen zu können. Schlagartig wurde mir die erotische Tragweite dieses Tools bewusst. Ich schlug also bei Freud nach. Doch damals waren Lammfellroller noch nicht im Einsatz. Der Lammfellroller ist freudsymbolisch noch nicht besetzt. Zu Sigmunds Zeiten wurde noch alles gebürstet. Gebürstet. Augenblicklich suchte mich Biber Bürstel heim.

Biber Bürstel, das pädagogisch äußerst fragwürdige Zahnhygiene-Propaganda-Maskottchen aus meiner Volksschulzeit.
Biber Bürstel, das Kuschelmonster, das mir heute noch Weisheitszahn-Phantomschmerzen beschert.
Biber Bürstel, die Gesundheitsvorsorgekeule.
Biber Bürstel, see you in hell.

In der 2. Klasse bekam ich von der Zahnhygienereferentin Frau Kiefer ein Biber Bürstel-T-Shirt geschenkt, weil ich glaubhaft versicherte, nicht nur nach allen Mahlzeiten meine Zähne zu bürsteln, sondern auch stets ohne Widerrede die täglich verabreichten supersuspekten Fluortabletten zu schlucken (in Wahrheit genehmigte ich mir sogar diejenigen aller Verweigerer. Es kraschelte richtig gruselig, wenn man sie in den Mund rieseln ließ und zerbiss).

Ein XL-T-Shirt mit Biber Bürstel auf der Brust.
Biber Bürstel, bewaffnet mit einer angsteinflößenden Langstielbürste mit Mörderborsten und nicht minder bedrohlich aussehenden Schneidezähnen. Man weiß, wozu Biber fähig sind. Die können einen Stamm von bis zu 40 Zentimeter Durchmesser in nur einer Nacht fällen. Mann Mann Mann. Ich lüftete kurz meinen Boxershortsaum, konstatierte: Von wegen 40, vielleicht 4 und trällerte erneut:

Li-Li-Li-Li-liebestoller – La-La-La-La-Lammfellroller
Li-Li-Li-Li-liebestoller – La-La-La-La-Lammfellroller

Lammfellroller. Ich stutzte. Hat man da tatsächlich ein Stück eines unschuldigen Lamms auf der Rolle? Und gibt es auch schwarze Schafe unter den Lammfellrollern?
Das Aussehen allein kann jedenfalls nicht der ausschließliche Grund für diese Werkzeugbenennung sein. Da musste schon auch die Saug- und Farbübertragfähigkeit eine wesentliche Rolle spielen. Und, ja klar. Ich hatte mal davon gelesen, dass Schafe in Urzeiten der Legende nach von Riesinnen als Tampons verwendet wurden. Riesinnen gab es zwar in der Märchenwelt nie so viele wie Riesen, aber sie hatten auch ihre Tage und zudem ihre menschlichen Seiten. Saugfähigkeit und Aussehen also immerhin. Das ist Namensgebungsmotivation genug.

Li-Li-Li-Li-liebestoller – La-La-La-La-Lammfellroller
Li-Li-Li-Li-liebestoller – La-La-La-La-Lammfellroller

Was für ein Fellstück da wohl verwendet wird? Das zwischen den Ohren, das am Rücken?
Nein, am ehesten wohl das am Bauch und apropos »wohl«: Müsste der Lammfellroller dann nicht Schafwollroller heißen? Ein Grübeltag. Kein Wunder bei dem Wetter.
Die Nächte werden länger, die Gedankengänge auch.
Ich googelte Schafwollroller. Kein Eintrag. Zurecht.
Weil Fell ist nämlich Haut und Haare, weiß der Hobbyzoologe.

Wird da also dem Schaf das Fell über die Ohren gezogen und dieses dann direkt auf eine Rolle aufgezogen? Machen das womöglich heutzutage Gerber? Und ist die Rolle an sich vielleicht aus Lammbein, einem Schafsoberschenkelknochen oder so?
Grausame Welt, was für ein schauderliches, Vergänglichkeit thematisierendes Tagtraumliedchen. Und was sagt das nun wohl über mein Über-Ich respektive mich?
Das Analysemantra (*im Kanon*) verrät's.

Li-Li-Li-Li-liebestoller – La-La-La-La-Lammfellroller

Teilzeit Schmoller – Gelegentlich Betonpoller
Li-Li-Li-Li-liebestoller – La-La-La-La-Lammfellroller
Vorbeugung gegen Lagerkoller (Kein Wunder bei dem Wetter)
– Treib es toller!
Li-Li-Li-Li-liebestoller – La-La-La-La-Lammfellroller
Treib es toller? – Ja, treib es toller!

Wohl ein allgemein gültiger Rat für den Wiener Winter (und nicht nur diesen).
Das sollte sich machen lassen.
Danke Freud. Danke Freunde.

Aus der Serie: **Freud für den Hausgebrauch (2)**

TRAUMSCHAUMSCHLÄGER

ODER: ANGEWANDTE NACHTTRAUMDEUTUNG

Meine Träume schreien eher danach, artikuliert, als realisiert zu werden. Ich wohne so nahe an der Berggasse, dass ich gar nicht anders kann. Freud strahlt aus. Und rund um Vollmondnächte mach ich das ganz besonders gern.
Die Tagträume sind ja meist noch zu realitätsgenährt und möglichkeitsverhaftet, aber nächtens geht es gelegentlich schon rund, hinter meinen Augenlidern.
Da hätten wir zum Beispiel die Kategorie Angsttraum.
Hilfe!☺
Ich sage nur: Mathematikschularbeit.
Meine letzte Mathematikschularbeit liegt 15 Jahre zurück, dennoch träume ich ganz gerne davon, dass übermorgen Matheschularbeit zu schreiben ist und ich noch nicht begonnen habe, zu lernen. Außerdem, so träume ich, schwänze ich seit geraumer Zeit den Unterricht und zwar systematisch so, dass ich immer nur die Mathematikstunden versäume. Das mach ich, so die Schätzung im Traum, seit circa 15 Jahren. Ich habe also das zusätzliche Problem, dass

☺ Vom Publikum per Zeichen mit der linken Hand einzufordern.

ich gar nicht weiß, was Stoff sein wird und
ich so, selbst wenn ich jetzt noch wollte,
gar nicht beginnen könnte, zu lernen.
Hilfe!
Erschwerend kommt noch hinzu, dass ich
eben gerade den letzten Zug nach Hause versäumt habe.
Ganz knapp. Der nächste fährt erst morgen.
Scheiße!☹
Ich stehe noch schnaufend am Bahnsteig und sehe ihn davonfahren. Die potenziell mögliche Lernzeit zu Hause wird mir also auch dadurch verwehrt, dass ich nicht an die Lernutensilien, die zu Hause ja bereitlägen und darauf warten, genutzt zu werden, rankomme, weil eben der Zug gerade abfährt. Doppel-
Scheiße!
Dann wird mir bewusst, dass ich die Matura ja bereits seit 15 Jahren habe, und es daher ganz besonders schikanös ist, dass jetzt der Zug weg ist, ich übermorgen eine positive Matheschularbeit schreiben muss, weil ich wie immer zwischen 4 und 5 stehe, und ich nicht einmal weiß, was ich lernen soll und das alles, trotz der Tatsache meiner real existierenden Reife. Demütigung pur.
Zu Hilfe bitte, sofort. Ja, ich gelobe Besserung, in allen Lebensbereichen, aber natürlich.
Und siehe da, der Zug kehrt um, nur für mich. Ja tatsächlich, er reversiert (!) und ich darf doch noch mit. Nur hat sich der Zug leider in mehrerlei Hinsicht gewandelt.

☹ Vom Publikum per Zeichen mit der rechten Hand einzufordern.

Scheiße!
Hilfe!
Erstens besteht er nur noch aus einer Lok, einem Kohlenwagen und einem Anhänger, in dem ein äußerst luxuriöses Badezimmer eingerichtet ist.
Zweitens badet der strenge Kohlenschaufler und Lokführer gerade und möchte dabei nicht gestört werden.
Drittens fährt der Heiz-Bad-Zug gar nicht nach Hause, sondern nach nirgendwo, also genau dorthin, wo meine Matheutensilien *nicht* auf mich warten.
Viertens und das erweist sich als unmittelbarste Gefahr, schaufelt der Lokführer, in einer Sitzbadewanne kauernd und umgeben von einem gigantischen Schaumberg, der gemütlich vor sich hin knistert, schaufelt der Badewannenkapitän – Heizer und Lokführer in Personalunion – nicht Kohlen, schlägt nicht Schaum, sondern mit Zitaten um sich, wild um sich, also, um genau zu sein, mit Wilde um sich, mit Oscar Wilde.
Hilfe!
Er sagt mit schnaubender Stimme, und es dampft dabei aus seinen Ohren: »*Die Gesellschaft ist bereit, dem Verbrecher zu verzeihen, dem Träumer nicht.*«
Dass ich ihm daraufhin meinen Fahrausweis aushändige, der sich bei genauerem Hinsehen als Samantha-Fox-Bravo-Doppelseitenposter entpuppt, vermag Oscar nicht zu besänftigen. Nun ähnelt er plötzlich frappant meinem ehemaligen Mathematiklehrer, drischt auf eine Schaumkuppe ein und poltert: »Nicht genügend Kohle!«

Ich darauf: »Köhle, nicht Kohle.«
»Sag ich ja«, entgegnet Oscar Wilde, »nicht genügend Kohle. Wir stagnieren, kommen nicht voran, legen Sie nach, legen Sie los, machen Sie was.«
»*Hilfe!*«,
sag ich wieder und will zudem wissen: »Was?« (Und vor allem, was das nun über mein Über-Ich respektive mich sagt.)
»Das müssen Sie wissen«, poltert's erneut unerbittlich aus der Wanne, »ich bin nur Baader, Sie sind Meinhof.«
Hilfe!
»Und im Übrigen darf ich Ihnen mitteilen, dass …«
Ich werde sofort hellhörig, weil ich bemerke, dass etwas Bedeutendes folgen wird. »… dass morgen …«
Da macht es »Plopp!«, nicht »Puff!«, nicht »Kawumm!«, nicht »Knautsch!«, nein, schlicht »Plopp!«
Scheiße!
Und weg ist er, die Lok, das Bad, der Traum und ich schaue an die Decke meines Zimmers und spreche den Satz fertig: »… dass morgen wieder der letzte Mittwoch des Monats und somit *textstrom* Poetry Slam Tag[♡] ist.«
Hilfe! Hilfe! Hilfe!
Ich schieße sofort hoch, greife zum Bleistift und halte auf dem Bauch im Bett liegend fest, was mir meine rapid eye movements eben grad bescherten. Kaum zu Ende gekommen, erscheint mir die gestrenge Moderatorin Mieze Medusa[☠] und spricht milde:

[♡] Ist je nach Ort, Slam und Termin anzupassen.
[☠] Name der/des jeweiligen Moderator/in/s einsetzen.

»Es ist ganz gewiss, dass einem zuweilen ein Gedanke gefällt, wenn man liegt, der einen nicht mehr gefällt, wenn man steht.«

Als ich dann wach genug war, registrierte ich die feine Klinge der Zitatwahl und konterte mit einem Bonmot eben jenes spitzen Federführers:
»Ich habe Leute gekannt, die haben heimlich getrunken, und sind öffentlich besoffen gewesen.«

Und wer weiß, von wem hier die Rede ist, der wird exklusiv in meinen nächsten Poetry Slam-Text eingebaut. Zwei Hinweise: Einen Teil findet man in den Alpen, den anderen in einem berühmten letzten Wort.

schlucken

DURSTSTRECKE BZW. LIQUIDITÄTSPROBLEME

Slam
Markus Köhle
Poetry

Gestern habe ich wieder mal ordentlich *gegössert.*
Ich fühlte mich recht *starkenberger* und *schwechaterte* mit meinen *Zipfern,* bis wir alle gehörig *eggerten* und uns am *Reininghaus* dann über*stiegelten.*

Alle mächtig *Kaiser* in der Krone, *ottakringerten* wir *hirter weitra* und *wieselburgerten* danach sogar *Adambräu,* was selbst den *fohrenburgersten* Magen zu *villacher* ist.
Meine *Zipfer* und ich *murauerten* auf die *Becks* und unter die *Bitburger.*
Der *Schladminger* hatte darauf natürlich *Null Komma Josef Bock* und *zwickelte* uns *velko-velko* aus dem *Mohrenbräu.*

Wir *heinekten kölsch* ins nächste *Zwettler* und *märzten Weizen,* bis *Pilsner* aus unserem *Zillertaler* schäumte.
Weil es jetzt auch schon *guiness* war, *forsteten* wir noch ein paar *Tannenzäpfle* ein und *dreherten* uns dann *kilkenny* über die *Tuborg* ins *Carlsberg,* um dort zu *trumern,* bis es *Budweiser* wurde.
Wie *Radler schremserte* ich schließlich angezapft auf allen vier Hopfen heim in die Stammwürze und ploppte bloß so aus allen Seideln.

Ich krügelte zehn Pfiff, *bud* ...
Ich wachte noch immer vollkommen *gambrinus* auf und *puntigamerte* wie ein Pitcher *Corona*.
Und *jever, jever* soll ich *schloßgold* in die *Wachau* korken, um dort einen alten Zweigelt zu veltlinern, der mich vernatsch eingekeltert hat zum gemütlichen Welschrieslingen.✶
Na *Skol*! Trost und bummvoll!

✶ Dieser Teil ist austauschbar. Je nach Auftrittsort anpassen!

ZETTELFLIPPER

Slam
MiezeMedusa
Poetry

Sagen wir mal:
Alles läuft gut!
Du: Dem Anlass entsprechend gekleidet,
dem Anlass entsprechend mit Unterlagen präpariert
und dem Anlass entsprechend mit einem Konzept bewaffnet,
das für dich spricht, das für dich klar Schiff macht,
sodass der Schriftsatz unter dem Vertrag
sich fast von selbst malt,
und dir wie von Geisterhand deinen Honorarsatz honoriert.
Dir deine gelegentlich auf Plastikrosen gebettete,
gelegentlich vom Gegenwind gebäutelte Ich-AG für die
nächsten Monate finanziert.
Und du, du musst dich nur noch unterbreiten,
musst nur noch in die Bim steigen,
das Foyer passieren und
dann die Unterlagen auf dem Tisch ausbreiten.
Du bist ausgeschlafen, bist geduscht, hast gefrühstückt,
bist so vorbereitet, bist in Bestform, bist suave.

Nur:
Wenn alles ach, so easy ist!
Warum sieht man dich jetzt:

Nägel beißen, Lippen kauen,
zappeln, flippen, Füße wippen,
Zähne knirschen, Haare rupfen,
Haut in Sorge arg zerknittern,
Uhrzeit checken, Atem holen;
denken, was hab ich vergessen,
Stifte kiefeln, Zweifel haben,
keinen Augenblick genießen ...

Sagen wir mal:
Du ziehst mich an, aber aus wär mir gerade lieber.
Bist entspannt und nur ich bin wie im Fieber,
kribbelig und triebhaft.
Ich vermess schon wieder mit den Augen deinen Hintern,
bin dann angetan von der Gesichtspartie,
les die Blicke, les die Lippen,
kann mich gar nicht mehr erinnern, wann ein Mann
mir sowas von den Boden unter meinen Füßen nahm.
Nehme an, du bist liiert, nicht intressiert, nicht zu verführen
oder zumindest nicht von mir.
Doch – Moment – du hast gerade meine Hand berührt und
jetzt, wo ich die Blicke zähle, merke ich, du siehst zu mir!
Liest in mir! Sprichst zu mir! Hörst in meine Richtung!
Und dann nickst du, DU sagst du, und Doppelpunkt:
Nur was danach dann kommt, hab ich grad überhört,
weil mich der Flirt, der vielleicht funktioniert, restlos betört!

Nur:
Wenn alles ach, so easy ist!
Warum sieht man mich dann:

Zähne blecken, Wimpern klimpern,
zittern, zucken, Hals verrenken,
Sprüche klopfen, Lippen lecken,
jeden Augenblick verschenken,
Haare drehen, Blicke zählen;
denken, das kann ich vergessen!
Hüften wiegen, an dir kleben,
mich die ganze Zeit nur stressen ...

Sagen wir mal:
Es ist Slam!
In _________, nur so zum Beispiel♡
Sagen wir also
der _________ und die __________♡,
haben ein Publikum handverlesen,
das sich gewaschen hat,
das sich die Ohren gut durchgeputzt hat,
das begierig ist auf Wortfluten,
zuhört
mitdenkt
kichert
Schenkel klopft und lacht
nicht immer an den dafür vorgesehenen Stellen, aber
immerhin
lacht.
Das sich freut,
Das mitfiebert, pfeift, ruft, klatscht,
sich entspannt zurücklehnt,
und mit uns SlammerInnen mitgeht.

♡ Namen der Slamlocation einfügen
♡ Unbedingt Namen der SlammasterInnen in Erfahrung bringen und MERKEN!

Und plötzlich sind wie durch Zauberhand
fünf Minuten nur für mich reserviert.
Fünf Minuten Zeit für mich und sogar das Mikrofon
funktioniert.
Die einzige Rückkopplung im Raum liegt als Feedback in
euren Augen,
und IHR hört MIR zu!
Ich hab viel geschrieben, fast gleich viel
wieder weggestrichen und den Rest geändert.
Aber es steht noch was da auf dem Blatt:
Ein Text der WHAM! macht und so richtig slamt – hoff ich.

Nur:
Wenn alles ach, so easy ist!
Warum sieht man mich jetzt:

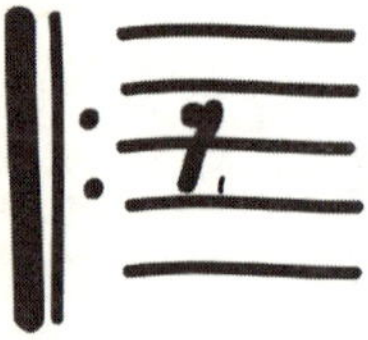

Wörter zählen, Sätze ändern,
stottern, stammeln, Scheiße streichen
Make-up wünschen, Styling hassen,
floskeln, flunkern, an mir zweifeln
Deutsch verfluchen, Englisch tryen,
knüllen, lallen, Duden schmeißen
Blick ausweichen, Zettel falten ...

... jeden Augenblick bis aufs Letzte auskosten.

ZWISTPOTENZIAL

Eine Art Predigt

Slam
Markus Köhle
Poetry

Regie- und Publikumsanweisung:
Leicht leiernd laut lesen, aber leicht auf- und nehmen.

Entstehungsbedingungshinweis:
Gestern Abend, schon spät, brauche noch neuen Text.
Mach schnell.⊛
Oder: In der Ästhetik der schnellen Ausführung wird die Eleganz der Dringlichkeit geopfert.

Werte Angesammeltheit!

Die Sprache ist ein flirrend Ding
Zwischen Ding und Dong
Zischt her und hin
Läutet Umstände ein, aber lässt sich nicht fassen
Ich werfe mich der Sprache zum Fraß vor
Oder will ich ihr bloß an den Kragen?
Nag an mir, schluck meine Bedenken
Mach kleine Stücke aus meinem Fleisch und
Haupt- und Gliedsätze aus Haut und Knochen
Die Sprache ist ein flirrend Ding

⊛ Das stimmte beim ersten Mal, ist allerdings seither gelogen ;-)

Zwischen Dong und Ding
Zischt her und hin
Läutet Umstände ein, aber lässt sich nicht fassen
Benennt, klingt, klagt, bildet, bildet ab
Bildet sich ein, sich nicht nieder, nicht fest-,
nicht aufschreiben zu lassen

Lassen wir der Sprache ihren Glauben
Glauben wir nicht an Glauben
Erlauben wir uns, die Sprache abzuschreiben und
unterhalten wir uns in Gedanken
Danken wir der Kraft derselben und pflanzen wir gelbe
Hoffnungsbäume mit Pflaumen in die blaue Erde
Auf dass die Sprachwelt und die
Gesellschaftsverkrustung aufbrechen
Brechen wir mit Konventionen, brechen wir Regeln
Regeln wir das alles anders, regeln wir das alles anders

Alles anders war schon, sagt da wer?
Sprache zischt her und hin
Flirrt zwischen Dong und Ding
Wer sagt das? Wer meint das?
Wer glaubt, das zu wissen, warum?
Ja, fragen wir, fragen wir viel und nach,
und denken wir viel und nach
Wie viel? Will da wer wissen, wer will das wissen?
Wer will das Wissen? Wer will das Wissen der Welt?
Google und Microsoft, Google und Microsoft wollen das

Wissen der Welt
Google und Microsoft, Google und Microsoft wollen uns
einsackeln
Lassen wir uns nicht einsackeln, nicht von denen,
nicht von anderen, nicht uns
Nicht heute, nicht morgen, nicht übermorgen

Warum denn nicht? Fragt da wer. Warum denn nicht?
Gut, da fragt wenigstens wer, fragt, denkt mit, nimmt nicht
nur hin, nimmt sich zu Herzen, was gesagt wurde;
was gesagt wurde, ist ein Vorschlag, kein Rezept
Fürs Leben gibt's keine Rezepte, nur Konzepte mit
Wirkungen und unerwünschten Nebenwirkungen,
über die keine Gebrauchsinformation informiert
Ein Leben mit Rezeptpflichtigkeit ist krank, eine Gesellschaft
mit Rezeptkosten auch
Praxisgebühr, was soll denn das heißen?
Eine Übergebühr an Praxis? Lebensüberschuss?
Lebenspraxisgebühr? Kostenfaktor Leben?
Lebenshaltungskosten, wer soll denn das aushalten?

Vorschreibungen, Vorschreibungen, Vorschreibungen
Lebenshaltungskosten, die einen den Verstand und
Kontostand kosten, einen ausbluten lassen
Bluten lassen, bluten lassen, bluten lassen
Lassen wir das nicht zu
Lassen wir das

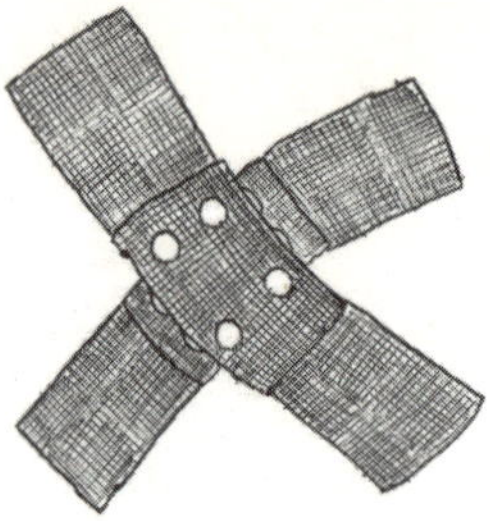

Pflaster drauf
Zischt her und hin
Flirrt Zwischending
Lassen wir uns nicht kleinkriegen, nicht von denen und nicht von anderen
Nicht von schwarzen Pechsträhnen, nicht von roten Zahlen und erst recht nicht von orange-blauen Wundern

Zahlen bitte!
Denn ich lasse mir nicht vorwerfen, die Rechnung ohne den Wirt gemacht zu haben!
Was mein Bier ist, das weiß ich. Mein Bier braucht mir niemand zu bezahlen, ich lasse mir nichts heimzahlen und mich nicht einkaufen, aber gerne einladen und nein, ich bin nicht von allen guten Gössern verlassen!
Amen und Prost!

SHAREWARE*

Slam
Mieze Medusa
Poetry

Dieser Text ist Shareware, doch er wär so gern *Mechaniker*
Mit ölverschmierten Händen, blauem Anzug und
mit einem Chef, der ihn frech
kleiner macht und runterputzt.
Die Auftraggeberin dagegen steckt ihm Trinkgeld in
den Hosenbund und lässt sich bumsen. Und der
Text, das sei gesagt, ist gut im Bett.

Dieser Text ist Shareware, doch er wär so gern *Marlene Dietrich*
Er trällert, wenn er duscht, so vor sich hin, und hüllt
danach die Hüften in so Hosen, wie sie damals echt
verblüfften!
Der Text verpuffte gern Zigarre paffend als alternde
Diva bei *Vera oder Wetten dass ...?*

Dieser Text ist Shareware, doch er wär so gerne *Fernsehpriester*
Ob christlich, methodistisch, Rastafari oder
anglikanisch, das entscheidet er erst später, bisher
fehlte noch der Riecher,
welche Richtung mehr Profit abwirft, aber mit
Make-up beten, ja: Das will er!

* Diesen Text gibt es auch vertont als IRR2M deluxe Joint Venture.
IRR2M deluxe = Irradiation feat. Mieze Medusa

Dieser Text ist Shareware, doch er wär so gern ein *Klingelton*
Alternative, Black, Trance, Elektroclash, Pop,
Bollywood und R'n'B sowie die Volksmusik sind ihm
egal, Hauptsache Charts, gekürzt auf polyphones
Bimmeln, auf das hin dann dein Nebenmann im
Nahverkehr das Messer zückt und aus der Hüfte
stechend Amok läuft, mein Text mag's subversiv.

Dieser Text ist Shareware, doch er wär so gern ein *Rausschmeißer*
Im Muskelshirt lehnt er an einer Discotür
und zeigt mit den zerkauten Fingernägeln auf das
Fashionvictim:
»Du«, schreit er, »du darfst hier echt nicht rein, wo
denkst du hin?«
Hierfür bedürfte es Geschmack und Geld, und du
bist mangelhaft!
Worauf das Fashionvictim wütend wird und sich
sehr gerne prügeln will, nur prügelt sich mein Text
viel effizienter.

Dieser Text ist Shareware, doch er wär so gerne *Spendenkeiler*
So einer mit fettigen Haaren und zerschlissenen
Hosen, der anderen den Weg ins Kaufrauschhaus
versperrt und vehement freiwilligen,
monatlich fälligen Obolus begehrt, der seiner
Meinung nach weltweiten Frieden garantiert und
glücklichen Nerz. So einer mit Begeisterung für den
Prozentsatz seines Umsatzes, der ihm gehört …

Dieser Text ist Shareware, doch viel lieber wär er *Tüftler*
Er hält sich für den Tausendsassa und denkt, er hat
das ABC erfunden. Ich sag ihm jeden Tag, das gab's
schon vor dir, bloß dann verstummt mein Text vor
Zorn und ignoriert mein Plädoyer fürs Dichten.

Dieser Text ist Shareware, doch er wär so gern ein *Pornostar*
Mit Leopardenstringtanga im Rampenlicht, das tät
ihm passen, diesem aufgeplusterten Massagestab
aus Buchstaben, doch noch bestimme ich:
Und dieser Text ist Shareware.

RATSCHLAGABTAUSCH

Reden wir doch mal über Freiheiten und Abhängigkeiten
Reden wir doch mal über Dienstverträge, Arbeitsstrukturen und Angestelltenverhältnisse
Nein, lass uns das generalisieren, aber lass uns doch Klartext reden, lass es uns klar heraussagen und uns kein Blatt vor den Mund nehmen
Sagen wir: Yes, I confess, ich bin arbeitslos
Naja, freilich könnte man auch *freischaffend* sagen oder meinetwegen *selbständig*
Am zeitgemäßesten klingt wohl: *In Arbeitsdingen bin ich Freelancer*

Freelancer, was für ein schöner Euphemismus für das Honorarsklaventum auf Abruf
Freelancer, was für eine Lüge!
Freelancer
Ich bin zwar auch Freelancer, aber ich rittere nicht um Projekte windiger Auftraggeber
Ich bin Freelancer in anderen Lebensbereichen
Ich bin Freelancer des Geistes

Ich breche eine Lanze für die wirkliche
Selbständigkeit, ich breche mit
jeglicher Abhängigkeit, ich breche

gelegentlich olivgrünbraun, spucke
Blut, wenn's Not tut, und habe
Schaum vorm Mund

Wenn mir da wer kommt mit Regeln, Normen
und Sachzwängen
Wenn mir da wer mein Leben einengen will in das
gesellschaftliche Schuhschachtelformat
Nein danke, sag ich und nicht danke für den Ratschlag

Ratschlag, was für ein schöner Euphemismus für
uneingeforderte Klugschwätzerei
Ratschläge, war für eine Plage
Ratschläge, Faustschläge, Tiefschläge
Ratschläge sind die härtesten Bandagen
Ratschläge sind Kniekehlenattacken
Ratschläge sind nicht zu packende Zumutungen
Ratschläge führen bei mir zu akuten Nasen-, Zahnfleisch-
und Afterblutungen
Ratschläge gehören gesprengt, gehören gehängt, also an die
Leine
Und Beißkorb für Ratschläge – ab sofort
Hier bitte in die Petition eintragen, unterschreiben, danke
danke geht schon sagen, und nicht weiter leiden unter Rat-,
Vor- und Abschlägen

Nein, alles los-, weg-, ablegen, alles los-, weg-,
ablegen, alles bloß, bloß nicht absegnen

Ja, ich hab die Schnauze voll von Supi-Gutgemeintheiten
Ich hab die Ohren voll von Höflichkeits-Schmalz-Floskeln
Ich hab den Nase voll von Mediendünn-Brettbohrer-Scheiß
Ich sag Maulaufmachen, Ohren spambefiltern und die ganze
Kacke loslassen

> Alles loslassen, abschließen, aufhören, alles
> loslassen, abschließen, aufhören
> Alles anfassen, anfangen und auch anhören

Aber, ich sag: Hör auf, *nur* auf andere zu hören
Ich sag: Schließ ab und zu mal deine Zweifel aus
Ich sag: Lass los, was dir nur Pein beschert
Lass los, was seit Jahren dir dein Absprungbein beschwert
Bleib nicht immer brav am Boden, schau auf zu den Wolken,
greif nach den Sternen und lass dir nicht einreden, dass die
süßesten Früchte nur für die großen Tiere wären
Schlacht sie ab, die heiligen Kühe,
aber melk sie vorher

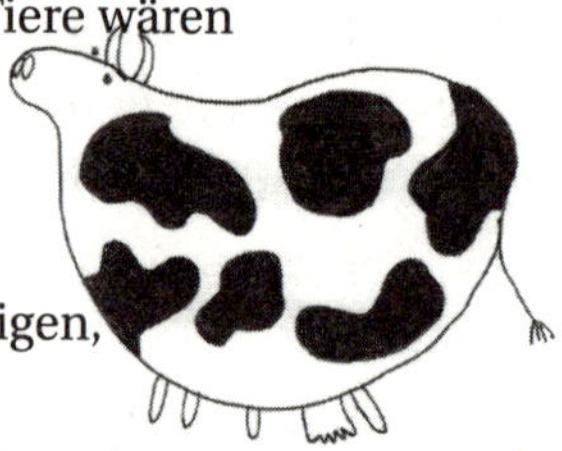

Ja, das kann jeder für sich selbst erledigen,
erledigen, erledigen
Entledigen, los werden, die leidigen Dinge los werden,
los werden, los werden
Aus freien Stücken – Freie Stücke – Mut zur Lücke –
mind the gap?

No, I don't mind gaps
I think without gaps
no steps backwards and then forward again
Gaplessness is concrete
Concrete devastates landscapes and minds
I'm a free lancer, I'm a free lancer of mind
I don't mind if someone isn't interested in what I'm doing
But I mind if someone just does what others want him to do
I'm a free lancer, I'm a free lancer of mind
You can't buy me, control me, direct me
You can join me, yes, yes, you could
And then let us free lance
Let us free, let us free, let us free minds
That means: Lass uns nicht nur über Abhängigkeiten reden
Lass uns: Alles los-, weg-, ablegen, alles los-, weg-,
ablegen, alles bloß, bloß nicht aufgeben

Einwurf: He Köhle, du brauchst doch Kohle, nicht?
Ratschlag: Mach doch auf Freelancer!

Grrr...ratschlag, Faustschlag, Tiefschlag und Freelancer
fürn Arsch

Ich breche eine Lanze für die wirkliche
Selbständigkeit
Ich breche mit jeglicher Abhängigkeit
Ich breche gelegentlich olivgrünbraun, spucke Blut,
wenn's Not tut, und habe Schaum vorm, aber
nehme mir kein Blatt vor den Mund

Denn: Yes, I confess:

Ich verdiene zwar nicht viel,
aber ich mach, was ich will

GIB MIR FÜNF MINUTEN FÜNFZEHN [15]

Slam
MiezeMedusa
Poetry

Gib mir Zeit
Gib mir einen Schlecker
Gib mir die Zeitung, bitte
Gib mir noch Kaffee, danke
Gib mir mein Frühstück bei Tiffany's
Gib mir Affen Zucker
Gib mir Zahnersatzzusatzversicherungen
Gib mir ein Autogramm auf meinen Gipsfuß
Gib mir frei
Gib mir Freikarten oder gib mir Geld,
dann zahl ich mir das Kino selbst, Papi
Gib mir das Mogeln, das in Packungen verscherbelt wird
Gib mir Flugmeilen
Gib mir unbegrenzte Freifahrt bei der ÖBB
Gib mich weiter
Gib mir Ratschläge
Gib mir Schemata und einen Verlagsvertrag[♡], dann feuer
ich dir den Bestseller zurück, so schnell kannst du
gar nicht Bastei-Lübbe sagen

[15] Denn 15 Sekunden Toleranzzeit lassen sich fast bei jedem Poetry Slam irgendwie rausschinden ...

[♡] Gern! (Anm. die Verlegerin)

Gib mir Schokolade
Gib mir keine Preview meines Gesichts in fünfzig Jahren.
Manche Veränderungen macht man besser
schrittweise durch
Gib mir Tiernamen
Gib mir Madonnas Schenkel
Gib mir Madonnas Gaderobenbudget, oder
nein, das von Frau Palin tut's auch
Gib mir Kredit. Nein?
Dann gib mir ein Grundeinkommen und eine
Grundsicherung
Nein? Der Bank hast du sie doch auch gegeben …
Gib mir einen Klingelton, den ich ertragen kann
Gib mir einen Glanz
Gib mir meinen Ring zurück, Frodo
Gib mir deine Hand, ich nehm mir deine Uhr, Homie
Gib mir Vollholzregale für meine Bücher
Gib mir einen Eisbecher
Gib mir einen Eisbrecher
Gib mir Strom
Gibst mir mal an Euro?
Gib mir deine Unterschrift
Gib mir eine Waffe
Gib mir ein Waffeleisen
Gib mir einen Zuruf, Unke
Give me High Five
Gib mir Vorfahrt
Gib mir Achterbahnen

Gib mir Geschichten zum Lesen mit Taschenlampe unter
der Bettdecke
Gib mir Definitionsmacht
Gib mir einen Grund, einen einzigen Grund hier mal so
richtig auszuzucken
Gib mir Umweltsünden, ich geh sie beichten
Gib mir einen Altlastablasshandel
Gib mir ein Honigkuchenpferd
Gib mir einen Weg raus aus Kansas

Gib mir einen Schlangendompteur als Frisör
Gib mir Bildung
Gib mir Einbildung
Gib mir Haltung -s -noten
Gib mir Stamina
Gib mir die beiden Alten der Muppetshow als
Gesprächspartner
Gib mir Muttermilch
Gib mir, Vater – ja, was eigentlich?
Gib mir einen Slammer, der beim Vortrag nicht immer *so*
mit der Hüfte macht
Gib mir eine beste Freundin, damit ich endlich mal aufs
Klo gehen kann
Gib mir Leberwerte
Ok. Gib mir andere Leberwerte
Gib mir Spenderleber, aber in der Josef-Hader-Wolf-Haas-
Variante
Mit scharfem Senf und Gurkerl
Gib mir Franz Schuhs Brille

Gib mir einen Schnaps
Gib mir ein Safeword
Gib mir einen Beat
Gib mir, was du hast
Gib mir eine Großstadt
Gib mir die Plattensammlung deines großen Bruders
Gib mir einen Wetteinsatz
Gib mir Gebimmel, Esmeralda Stalker
Gib mir desperate Housefrauen am Rande des
Nervenzusammenbruchs
Gib mir einen dicken fetten Bausparer
Gib mir eine Wertkonserve
Gib Ruhe
Gib Gas
Gib mir Botox
Gib mir einen langen Atem für die Zigarette danach
Gib mir eine Bühne
Gib mir Gehör
Gib mal nach, verdammt nochmal
Gib mir eine allwissende Sondermüllhalde
Gib mir deine Gedanken, kriegst zehn Cent dafür
Gib mir deinen Elchtestattest
Gib mir dein Rezept für Käsesoufflee
Gib mir dein Rezept für einen Slamtext
Gib mir ein Stückchen von deinem Himmel
Gib mir deinen Quellcode
Gib mir dein Password
Gib mir ein Glückskeks, Knuspertante

Gib mir mein Blut zurück, Lestat
Gib mir Vorratsdaten, ich will sie speichern
Gib mir deine Koordinaten
Gib mir deinen letzten Schrei, du Boulevardblatt
Gib mir Rücken, ich geb dir Deckung
Gib mir eine Dattel, du Pflaume
Gib mir Recht
Gib mir Rett, Scarlett
Gib mir deine gute Laune
Gib mir einen Bannfluch
Gib mir einen Kuss, Judas
Gib meiner Sprachbox eine Sprachspende
Gib mir eine neue Haut
Gib mir einen Persilschein
Gib mir kein blaues Auge
Gib mir eine Thermoskanne Kaffee
Gib mir Stift und Papier und Weblog-Zugang
Gib mir Auslauf
Gib mir Vorsprung
Gib mir Nachhilfe
Gib mir kein Mitleid, das hab ich selbst
Gib mir Vitamine
Gib mir die Pille, lieber davor als danach
Gib mir Leidenschaft
Gib mir eine neue Chance
Gib mir einen Köder
Gib mir dein Sesam öffne dich
Gib mir einen roten Teppich

Gibst du mir jetzt auch mal das Mikrofon, bitte?
Gebt gute Gewertung, Genossen und Genieserinnen
Gib Dirty-Talk
Gib Baby-Sprech
Gib mir ein Bier
Gib mir Gipfelsiege
Gib mir Lakritze
Gib mir Open Source Texte
Gib mir Gutenbergs Genius
Gib mir deine zehn Thesen, ich schlag sie an Wände, Türen und Carports
Gib mir Katzengras
Gib mir Ballettstunden
Gib mir meine Zwischenzeit
Gib mir mehr Meer
Gib mir Sandkörner für zwischen die Zehen
Gib mir eine Parklücke, einen Tanzpartner, eine Eisbombe
Gib mir Sexperten, in meiner DIY-Fibel sind noch ein paar weiße Flecken
Gib mir fünf Minuten Zeit
Gib mir Ohren. Nein, gib sie dem Publikum
Gib mir ein Publikum
Publikum, gib mir ein O-Yeah!
(Auf das O-Yeah des Publikums hoffen)
Gib mir fünf Minuten fünfzehn
Gib mir deinen Ex
Gib mir ein Experimentierfeld

Gib mir ein Feuerwerk 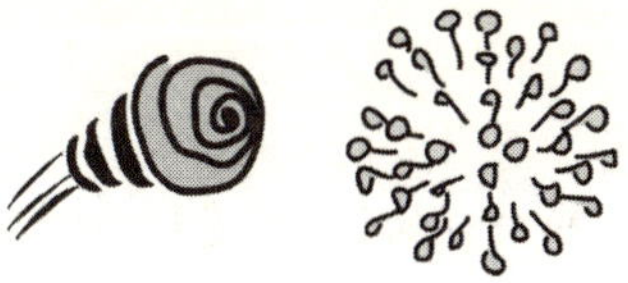
Gib mir Slam
Gib mir einen Poetry Slam mit lauter Slam-HaudegInnen
und ich kenn keinen einzigen Text
Gib mir das Gedächtnis eines Goldfischs
Gib mir Aufgaben
Gib mir Aufschub

Aber
gib
mich
nicht
auf!

DIE POESIEEXITSTRATEGIE

ODER: VERZIEHUNGSMASSNAHMEN

ziiiieh dir Luft rein
Atme
Nimm auf, nimm zu, nimm's leicht
Nimm dir, was du brauchst
Nimm dir Zeit
Nimm dir Zeit für dich und deine Ansprüche
Sprich dich aus
Hau rein, aber schlag nicht um dich
Lass es dir gut gehen, lass dich gehen, sei gelassen
Sag: Geht schon, geht schon, paaasst, ja, geht schon und
SchoOOhn dich auch mal, wenn dir danach ist

Lass dir nichts einreden
Lass dir nichts ausreden
Denk einfach
Denk nicht zu einfach
Aber denk einfach selbst
Selbst wenn's weh tut
Life hurts sometimes

Denk zum Beispiel daran, wo du noch

geboren sein könntest
Denk zum Beispiel daran, wie du noch
geboren sein könntest
Sagen wir zum Beispiel mit WBS, dem
Williams-Beuren-Syndrom
Die Folge einer spontanen Genmanipulation, die bei
0,0102 % der Geburten vorkommt
WBS was?

Ja, ziiieh dir Neues rein
Lebe, lese, lerne
WBSys haben einen kleinen Kopf und pausbäckige Wangen
WBSys wurden früher als Elfen und Kobolde bezeichnet
WBSys sind extrem kontaktfreudig, haben ein phänomena-
les Orts-, Namens- und Textgedächtnis, können aber
keinerlei Gefahr einschätzen, setzen sich somit permanent
Gefahren aus
WBSys gelten als geistig behindert, sind aber
außerordentlich sprachlich begabt
Denk zum Beispiel daran, du würdest mit WBS geboren
Was würdest du werden? Poetry Slammer?
Why not? Cause Poetry heals mostly
Drum:

ziiieh dir Poesie rein
PO E SIE – Poetry
Poetry is word anarchy
Poetry is individualism pure

Poesie ist eine Uhr, die nach den jeweils eigenen Regeln tickt
Poesie ist nicht bestechlich, ist nicht ich, ich, ich, ich,
in Rein- und Reimkultur
Poesie ist kein Ego-Trip, kein Seelen-Strip und auch kein Hirnfick
Poesie ist keine Ich-AG, kein Pausenschmäh und auch kein
Dauer Yippie Yuppie Ei Yeah!
Poesie ist kein Oberflächenphänomen,
Poesie wirkt subkutan
Poesie kann sowohl ein Schlag in die Magengrube sein,
als auch ein Stich ins Herz
Ein Ich ins Herz, in deins

Poesie kann treffen, helfen, nerven
Poesie kann tief gehen, abheben, loslösen
Poesie kann oooh so so so schöööön sein und
mmhh gu-gu-gu-guuuut tun
Zum Beispiel so:
Eine Ode an die Poesie a Tribute to Poetry

Oh du meine Ja-Woll-Lust-Wedel-Remise
Du meine Schirm-Charme-Sonnenschutz-Markiese
Oh du meine 6-7-8-9-10-Elfe
Du meine bessere a-b-c-d-e-f-g-h-Hälfte,
meine Halbe, mein Pint, meine volle Pulle,
mein Red Bull
Nein, du bist viiiel süßer
Mein pull, pull, pull, pull me under, push me up and
tear me down

Oh du meine Alle Neune
Du meine Kegel-Kugel-Karachao-Kanone
Mein Hole-in-one, mein Touch-down und mein
Jackpot
Meine Pole-Position, meine Punchline und mein
Street-Flash
Oh du meine spitze Strelitzien-Grazie
Du mille, mille, mille grazie
Merci, je suis et mon amour
Oh du meine Freuden-Overtüre in Dur
Vor dir mach ich jederzeit einen Knicks
Cause Po-Po-Po-Poetry kicks!

Drum Ziiiieh dir Sprache rein
Atme Wörter, Sätze, Texte
Bilde Wörter, mal mit Silben, drück dich nicht, drück dich aus,
sei bunt und individuell
Sag zum Beispiel nicht: Nobody knows me
Sag's positiver!
Sag: Nobody knows me? No, my nose knows me!
Sag nicht: Du bist ein fürchterlicher Kotzbrocken
Sag's positiver!
Sag: Deine Gegenwart beschäftigt meinen Magen

Ja, Ziiiieh dir Sprache rein
Wort rum, lass dir Lettern auf der Zunge zergehen, kredenz dir
einen satten Silbensalat und setz dich mit deinen Sätzen ab von
anderen

Mach zum Beispiel auch mal solche Sätze:
Ich Biene ergo summ
Ich Birne ergo Williams
Ich Dirne ergo Bitch
Ich hirne also bin ich

Bild aber ruhig auch mal komplexe Sätze und versuch dabei, dir keinen Satz Komplexe einzuhandeln
Und wenn schon, dann setz dich mit deinen Problemkomplexen auseinander zum Beispiel so:
Meine Eigentlichkeitskarambolagen sind dialektische Unterbewusstseinsäußerungen nicht kategorisierbarer Güte, deren Persistenz jedoch Hirndübelqualität aufweisen und die sich weder durch rationale Maßnahmen, noch durch illegale Drogen verdrängen lassen

Nein, ich Ziiiieh mir nichts rein
Rauche, kiffe, schnupfe, saufe, kippe, schlucke nicht, … also nicht immer
Cause Drugskills will be handled
Dennoch spukt's gelegentlich in meinem Geistesschloss
Machen mir meine Hirngespenster die Hölle heiß, heißen mich Großmaulesel, Brutkastenladenhüter, Kopfgeburtsfehler, und und und

Kurz und gut, ich hab's auch nicht immer leicht mit mir
Leicht kann ja auch kein Maßstab im Satzgewerbe sein

Schachtelsätze statt Umsätze, Beistriche statt Abstriche,
10 Points statt Break Even Point, heißt es in unserem Geschäft
Das kein Geschäft, sondern vielmehr ein » geschafft«, ist
Geschafft im Sinne von fertig
In der Kunst geht es immer ums Fertigwerden, auch mit sich selbst
Aber man darf schon auch mal einfach einen Satz in die Luft machen

(Luftsprung)

Auch das befreit
Es geht also ums Fertigwerden und es geht auch um langen Atem

Drum Ziiiieh dir Luft rein
Atme
Sag: schnupfig, kerzig, loderwaschelt
Sag: lieber Schmalspurschnuckel als Breitbandblödl
Lieber Zwergzwiebelzwutschgerl als
Riesenbröselschnitzelschnösel
Lieber Hinternhaltestelle als Halskettensäge
Sag: Wandelwunder-Wunderwender-Pfandelplunder-Plunderspender

Sag Sätze wie: Nachsätze trauen den Vorsätzen zu wenig zu
Wer seine Sprache sucht, wird Wortschätze finden
Und: Schongang und Tiefgang, Unterhaltung und Inhalt
sowie Witz und Poesie schließen sich nicht automatisch

gegenseitig aus
Nein, sag's positiver!
Sag: Slam Po-Po-Po-Poetry kicks!
Sagt: Slam Po-Po-Po-Poetry kicks!
(Echo)

Und dann atme

auS

BESONDERER DANK gebührt:
Philipp *tenderboy* Diesenreiter für die Aufnahmeleitung der CD
Silvia Bartl vom Literaturhaus Wien für die Einladung
Christoph Simon für die Illustrationen der Texte von Markus Köhle
!records für die Kooperation bei der CD-Produktion

ANMERKUNG:
Die in *Dopppelter Textpresso* versammelten Texte sind Bühnentexte, sie wurden primär für den Vortrag verfasst. Rhytmik und Klang bestimmen Syntax und Form.
Die Mündlichkeit der Texte bedingt, dass bisweilen Umgangssprachliches einfließt. Die Schreibweise dieser Teile ist individuell. Lektürehinweis: Laut lesen (mehrmals)!

MARKUS KÖHLE

… ist ein Tiroler Knödel in Wien. Er ist seit 2002 Moderator und Organisator des monatlichen Bierstindl Poetry Slams in Innsbruck, Slam Master da und dort (Graz, Feldkirch, Meran, Hall, etc.), Mitbegründer der monatlichen Lesebühne *Dogma. Chronik. Arschtritt.* im Wiener Schikaneder, Co-Kurator des Bierstindl Prosa Festivals, Mitarbeiter des internationalen Literaturfestivals *Sprachsalz* in Hall, Co-Organisator des Ö-Slams sowie Co-Herausgeber der Ö-Slam Anthologie (Edition Aramo 2008). Er studierte in Innsbruck und Rom Germanistik und Romanistik, unterrichtete in Tunis Deutsch als Fremdsprache und war 2004–2006 Forschungsprojektassistent an der Universität Innsbruck. Seit 2001 ist er literarisch, literaturkritisch, literaturwissenschaftlich und auch als Literaturveranstalter aktiv und wurde für seine Arbeit bereits mit zahlreichen Stipendien ausgezeichnet. Er macht Lesungen, Vorträge und Workshops in Schulen, Universitäten und diversen Kulturveranstaltungsorten im In- und Ausland. Er ist Rezensionsredakteur des Feuilletonmagazins *Schreibkraft*, Kolumnist der Literaturzeitschrift *DUM* und der Straßenzeitung *20er*, verfasst regelmäßig Buchbesprechungen für das Literaturhaus Wien, das Literaturhaus am Inn in Innsbruck und das Magazin *thegap*. Zahlreiche Publikationen, zuletzt erschienen: *Bruchharsch. Prosa* (Skarabaeus 2009)

Markus Köhle schreibt, um gehört zu werden.

Mehr Info auf: www.autohr.at

MIEZE MEDUSA

… aka Doris Mitterbacher ist eine fixe Größe in der österreichischen HipHop- und Slam-Szene und Mitglied des *backlab*-Kollektivs. Seit 2004 organisiert und moderiert sie den monatlichen Poetry Slam *textstrom*, seit 2005 im Wiener *rhiz*. Mieze Medusa organisiert auch anderswo Poetry Slams, regelmäßig in der Grazer Minoritenkultur oder Slamgastspiele wie z.B. Blätterwirbel/St. Pölten, Wängl Tängl Slam, diw@n Slam im Rahmen der regionale, sCHwÖster Slam für linz 09 Extra Europa, Grand Slam of Poetry im Wiener Metropol, etc.
Sie ist Mitbegründerin der monatlichen Lesebühne *Dogma. Chronik. Arschtritt.*, Co-Organisatorin des Ö-Slams, sowie Co-Herausgeberin der *textstrom* Anthologie (Edition Aramo 2007).
Sie studierte in Innsbruck und London Germanistik und Anglistik, bastelt und betreut Webseiten. Sie publiziert in Literaturzeitschriften und Anthologien und hat 2002 den *fm4 Wortlaut*-Literaturpreis gewonnen. 2008 erschien mit *Freischnorcheln* ihr Romandebüt im Milena Verlag. Rezensionen und Artikel über Literatur und Musik für *thegap* und andere Magazine sind willkommene Erweiterung der MMschen Textproduktion. Sie hält außerdem Rap- und Poetry Slam-Workshops in Schulen und Jugendzentren. Zusammen mit *tenderboy* und *dj smi* veröffentlicht sie CDs, Vinyls und Compilationbeiträge. 2007 hat die Band den Protestsongcontest gewonnen. 2009 erscheint das zweite Album *Tauwetter* auf !records. Mieze Medusa lebt und schreibt gern zwischen den Zeilen, denn dort ist am meisten Platz. Mehr Info auf: www.miezemedusa.com / www.textstrom.at

Ausblick / Vorfreude / Zukunftsmusik

Der neue Roman von
MARKUS KÖHLE

erscheint ANFANG MÄRZ 2010
im MILENA VERLAG

SEIEN SIE DABEI!

Der Debütroman von MIEZE MEDUSA

FREISCHNORCHELN

... selbst das Wort „ficken“ kann Mieze Medusa aussprechen, ohne dabei peinlich zu wirken.
Falter

Ein Roman voll flirrender Eloquenz und spritzigem Humor für alle, die noch nicht ganz erwachsen sind, es lange Zeit nicht waren oder niemals werden wollen!

Nora will kündigen. Aber wie kündigen, wenn du dein eigener Chef bist?
Mit viel Witz und sprühendem Charme lässt Wiens Poetryslam-Queen und HipHop-Lyrikerin Mieze Medusa Noras ständig quengelndes, scharfzüngiges Karma das Leben der heutzutage so häufigen ewigen Adoleszenz kommentieren.

160 S., Klappenbroschur
EUR 15,90/sFr 29,90
ISBN 978 3 85286 167 8

Gedruckt mit freundlicher Unterstützung durch

Bibliografische Information Der Deutschen Bibliothek
Die Deutsche Bibliothek verzeichnet diese Publikation in der Deutschen Nationalbibliografie; detaillierte bibliografische Daten sind im Internet über http://dnb.ddb.de abrufbar.

Umschlaggestaltung: Silvia Wahrstätter
www.vielseitig.co.at
Satz und Layout: Vanessa Wieser
Druck und Bindung: Interpress, Budapest

A–1080 Wien, Wickenburggasse 21/1-2

ISBN 978 3 85286 182 1

www.milena-verlag.at